후아유

Who are you

조진행 판타지 장편소설

FANTASY STORY & ADVENTURE

11

dream books
드림북스

후아유 11 (2부) 복수

초판 1쇄 인쇄 / 2014년 4월 1일
초판 1쇄 발행 / 2014년 4월 8일

지은이 / 조진행

발행인 / 오영배
책임편집 / 편집부
펴낸 곳 / (주)삼양출판사 · 드림북스

주소 / 서울특별시 강북구 솔샘로67길 92
대표 전화 / 02-980-2112 팩스 / 02-983-0660
편집부 전화 / 02-980-2116 팩스 / 02-983-8201
블로그 / blog.naver.com/dreambookss

등록번호 / 제9-00046호
등록일자 / 1999년 3월 11일

값 9,000원

ISBN 978-89-542-5524-0 (04810) / 978-89-542-4103-8 (세트)

* 지은이와 협의하에 인지는 생략합니다.
* 잘못된 책은 구입한 곳에서 바꾸어 드립니다.

이 도서의 국립중앙도서관 출판시도서목록(CIP)은 서지정보유통지원시스템 홈페이지(http://seoji.nl.go.kr)와
국가자료공동목록시스템(http://www.nl.go.kr/kolisnet)에서 이용하실 수 있습니다.
(CIP제어번호: 2014010163)

후아유
조진행 판타지 장편
11
FANTASY STORY
복수
dream books
드림북스

Who are you

후아유

11 복수

Contents

제1화

흐르는 강물처럼

김대범 원장은 강남으로의 전입이 거부당하자 무리를 이끌고 곧바로 남하하기 시작했다. 남쪽이 더 따뜻할 거라는 기대도 있었지만 그보다는 도시의 척박함에 진저리가 난 탓이다. 서울을 전전하던 김대범은 도시에 더 이상의 희망이 없다고 결론 내렸다.

도시의 식량은 어디까지나 도시가 제 기능을 할 때 공급을 받을 수 있다. 그러나 지금은 도시와 농촌이 완전히 분리되었다. 농촌에서 도시로 향하던 물류의 이동은 대전에 핵이 떨어진 날 이후로 멈췄다. 둔촌동이 그러했듯, 다른 도시들의 식량도 머지않아 동이 날 것이다.

무너진 건물을 둘러보던 김대범이 김철호 중위에게 슬쩍 다가

갔다.

“혹시 성도에 관한 소문을 들어 보셨습니까?”

“성도요? 아! 혹시 이천을 말씀하시는 겁니까?”

“예, 피난민들을 만났는데, 다들 성도에 관해 이야기를 하더군요.”

“땅이 얼지 않은 곳이라고 듣기는 했습니다.”

김대범이 김철호 중위를 힐끔 쳐다보았다.

“이천 정도면 괜찮지 않겠습니까? 아직 도시의 기능이 살아 있는 것 같고, 무엇보다 운이 좋으면 자급자족도 가능할지 모릅니다.”

“서울을 완전히 떠나자고요?”

아직 혈기왕성한 김철호 중위는 서울에 대한 미련이 남아 있는 얼굴이다.

“도시가 각광받던 시대는 끝났습니다. 더 이상 희망이 없어요. 강남이 지금은 재건 정부니 뭐니 해대며 유세를 부리지만 얼마 가지 못할 겁니다. 솔직히 우리가 둔촌동을 떠난 것도 자원의 고갈 때문이었습니다. 생산 없이 소비만 하는 도시는 시한부 인생일 뿐입니다. 산소 호흡기로 겨우 숨만 쉬고 있는 형국이지요.”

고민하던 김철호 중위가 결연한 어조로 말했다.

“대표님 말씀이 맞는 것 같습니다.”

"이천까지 얼마나 걸리겠습니까?"

"넉넉잡아 일주일 정도 걸릴 겁니다."

"그렇군요. 식량은?"

김대범이 조심스럽게 물었다.

둔촌동을 떠나면서 식량은 군인들의 손으로 넘어갔다. 대신에 의사들은 주로 약품과 의료 기구들을 짊어지고 다녔다. 그게 자신들의 생존력을 높이는 일이라는 걸 경험으로 체득한 까닭이다.

"보름 치가 마지막입니다만 너무 염려하지 않으셔도 됩니다. 정 안 되면 현지에서 조달하면 되니까요."

"……."

현지에서 조달하겠다는 말에 김대범의 얼굴이 조금 굳었다.

말이 좋아 현지 조달이지, 사실 강탈하겠다는 소리다. 식량을 돈 주고 살 수 있는 시대가 아니기 때문이다. 그걸 알면서도 김대범은 그것에 대해 가타부타 말하지 않았다.

강남에서 조직을 개편한 뒤로 군인들의 힘이 강해졌다. 둔촌동에 있을 때만 해도 군인들은 경호 부대 그 이상도 이하도 아니었다. 그러나 강남에서 배척 받고 서울을 떠돌면서 상황은 역전됐다. 자신을 포함한 의사들이 한 걸음 뒤로 물러났다. 지금은 군인들에 의해 모든 것이 좌우되고 있다.

식량의 사정도 마찬가지다. 병원에 있을 때 그것은 전적으로 자신의 관할이었다. 그러나 지금은 무리의 대표인 자신마저도 군인들에게 타서 먹어야 했다. 당연히 남은 수량이 어느 정도나 되는지 알 수 없다. 의사들은 리더의 자리에서 기능인의 위치로 추락하는 중이었다.

"그럼 이만."

김철호 중위가 가볍게 목례를 해 보인 후에 선두로 걸어갔다.

김대범은 얼떨결에 고개를 끄덕였다.

과거에는 자신이 가 보라고 지시해야 움직이던 그였다.

김대범의 얼굴에 씁쓸한 미소가 떠올랐다.

김철호 중위가 선두 그룹의 군인들에게 다가가 뭐라고 농담을 하자 군인들이 키득거리며 웃었다.

김대범의 걸음걸이가 느려졌다.

군인들의 농담과 웃음소리로부터 멀어지고 싶었던 것이다.

펜이 칼보다 강하다고 했던가?

다 개소리다.

*　　*　　*

김철호가 이끄는 무리가 이천에 도착한 것은 그로부터 8일이나 지나서다. 과거 한얼교가 지배하고 있을 때라면 삼정중학교로 안

내되었을 그들이지만, 주인이 없는 이천에서 30명이나 되는 무장 병력을 오라 가라 할 수 있는 사람들은 없었다.

목적지를 정하지 못해 머뭇거리고 있는 그들에게 한 사람이 다가갔다.

머리까지 보자기로 둘둘 말은 사람이 멈춰 선 곳은 선두에 선 김철호의 앞이다.

"멀리서 오셨나 봐요?"

여자의 물음에 김철호 중위가 무덤덤한 얼굴로 고개를 끄덕였다.

"그렇습니다. 여기가 성도라고 불리는 이천 맞습니까?"

추위 때문인지 여자는 거의 눈만 조금 내놓고 말했다.

"맞아요. 전에는 성도라고 불렸었어요."

김철호 중위의 눈에 이채가 떠올랐다.

"그럼 지금은 뭐라고 불립니까?"

"후후, 본토박이들은 그냥 이천이라고 부른답니다. 여행자들은 아직도 성도인 줄 알지만요."

낭랑한 여자의 음성이 어쩐지 처연하다고 느낀 김철호가 슬쩍 물었다.

"성도라는 이름을 버리게 된 이유라도 있습니까?"

"본래 이천은 한얼교의 성지였어요. 그런데 얼마 전에 과학을

신봉하는 무리들에게 한얼교 지도자들이 모두 살해당했답니다. 그 뒤 다시 과거로 돌아간 거지요."

"허! 그런 일이……."

"총칼을 앞세우면 뭐든지 할 수 있는 세상이니까요."

그러면서 여자의 시선이 군인들의 총으로 향했다.

김철호 중위가 변명하듯 말했다.

"우리는 그런 사람들이 아닙니다. 저기 뒤에 있는 분들은 모두 의사와 그 가족들입니다. 성도의 땅이 얼지 않아 사람이 살 만하다는 소문을 듣고 왔습니다만……."

김철호 중위가 말끝을 흐렸다.

자신의 눈에 보이는 광경이 여느 폐허가 된 도시들과 다를 바 없었기 때문이다.

여자, 과거 한때 한얼교의 대사제였던 김보경이 눈웃음을 치며 말했다.

"보이는 게 전부가 아니랍니다. 원하신다면 제가 안내를 해 드릴 수도 있어요."

"아, 그런데 누구신지?"

비로소 김철호가 경계심을 가지고 물었다.

"아! 제 소개가 늦었네요. 저는 김보경이라고 해요. 이 지역 토박이죠. 겨우 살아남은 한얼교의 지도자 중 한 사람이기도 하고요."

"한얼교의 지도자시라고요?"

"네, 그래서 성도의 비밀을 꽤나 많이 알고 있지요. 가장 좋은 온천수의 위치라거나, 알려지지 않은 한얼교의 비밀 창고라거나……."

김보경은 김철호에게만 들리도록 한껏 음성을 낮추었다.

김철호는 그걸 눈치채지 못할 정도로 둔한 남자가 아니다.

여자의 애교 섞인 음성에 반쯤 마음을 빼앗긴 김철호가 웃으며 말했다.

"저는 이곳의 지휘관인 김철호입니다. 초행길이라 아는 것이 없습니다. 아무쪼록 잘 부탁드립니다."

"어머, 굉장히 신사적이시네요. 제가 비밀을 털어 놓길 잘한 거겠죠?"

김보경이 은근한 어조로 말했다.

"네, 그런데 다른 사람들에게는 그런 소리 하지 마세요. 위험해질 수도 있으니까요."

"그럴게요. 그런데 제가 뭐라고 부르면 되죠?"

"그냥 대장님이라고 부르시면 됩니다. 다들 그렇게 부르니까요."

"아 네, 대장님. 그럼 이제부터 제가 안내해 드릴게요."

김보경이 앞장이라도 서려는 듯 돌아섰다.

김철호가 그런 김보경의 손을 황급히 잡았다. 그리고 김보경의 귓가에 나직이 말했다.

“그 창고에 관해서는 아직 누구도 알아서는 안 됩니다.”

“아! 네, 나중에 따로 가르쳐 드릴게요. 그 대신…….”

김보경이 말끝을 흐렸다.

“말씀만 하십쇼.”

조바심이 난 김철호가 김보경에게 더욱 바싹 다가섰다.

김보경이 들릴락 말락 한 소리로 말했다.

“저를 책임져 주셔야 해요.”

“하하! 염려하지 마십쇼. 그렇게 하겠습니다.”

그제야 상대의 의도를 파악한 김철호가 호탕하게 웃었다.

여자는 한얼교의 재산을 기부해서라도 자신의 무리에 들어오기를 원하는 것 같았다. 한얼교의 비밀 창고에 뭐가 있느냐에 따라 달라지겠지만, 불가능한 일은 아니었다.

그제야 여자의 입에서 안도의 한숨이 흘러 나왔다.

김철호는 괜히 가슴이 설랬다.

책임져 달라는 말은 단지 일행으로 받아 달라는 뜻이 아닌 것도 같았다.

같이 살자는 걸까?

김철호가 잠시 망상에 잠긴 동안 여자가 몇 걸음 앞서 나갔다.

부하 하나가 다가와 김철호의 옆구리를 쿡 찔렀다.

“대장님, 분위기 좋던데요! 이참에 장가도 가시지요?”

“아, 박 소위? 다 들었냐?”

“전부는 아니고요.”

김철호가 조용히 말했다.

“입단속 잘하고. 주위를 잘 살펴봐. 강도들이 미인계를 쓰고 있는 건지도 모르니까.”

“오! 미인이었습니까?”

“아직 얼굴은 못 봤지. 그래도 눈매나 분위기로 볼 때…… 보통은 아닌 것 같더라. 연예인 급이야.”

“와우! 목소리만 좋은 여자도 많으니까 조심하십쇼.”

“아! 새끼, 악담을 해라.”

김철호가 박상민 소위의 어깨를 툭 쳐 보인 후 김보경을 향해 빠른 걸음으로 다가갔다.

박상민 소위가 부럽다는 듯 중얼거렸다.

“쩝! 좋겠다. 호박이 넝쿨째 굴러들어온 건가? 목소리에서 색기(色氣)가 줄줄 흐르던데…….”

*　　*　　*

"안 가, 못 가. 너나 가."

최인호가 고집스러운 눈으로 아들을 노려보았다.

외지에서 얼마나 고생을 했는지 얼굴이 반쪽이 됐다. 집 떠나면 개고생이라는데, 다 죽어가다가 겨우 살아난 녀석이 하는 말이, 강남을 떠나야 한단다.

'쯧! 철없는 놈…….'

최인호는 아들을 향해 보란 듯이 혀를 찼다.

답답해진 최명석이 제 가슴을 "퍽퍽!" 소리가 나도록 후려쳤다.

"와아! 아버지, 쓸데없는 고집 좀 부리지 마세요. 제가 누굽니까? 국정원 비밀 요원 출신입니다. 세상은 상식만으로 설명할 수 없는 일이 많다고요. 저를 믿고 따라 주세요!"

"뭐? 따라 줘? 야! 인석아, 아직 이 집의 가장은 나다. 너는 월급 한 번 집에 가져 온 적이 없는 놈이었어. 그런데 따라오라고? 너나 나를 따라와라. 머리 좀 굵어졌다고 누굴 따라와라 말라 해?"

"으아! 진짜 미치겠네! 아버지 제 말은 그런 게 아니라요."

"안이고 밖이고 간에 쓸데없는 소리 할 거면 다시 나가. 안 잡아. 그리고 너는 원래 거짓말을 밥 먹듯이 했어. 국정원에 취직하고도 우리한테는 출판사에 다닌다고 했었지? 지난번에 죽은 자경

대장이 얘기해 주지 않았으면 우린 평생 몰랐을 거라고."

"야아! 여기서 예기치 않은 태클이 들어오네. 상혁이 형님 집은 그냥 다 가기로 했다는데, 왜 우리 집은 내 말을 안 믿지?"

최명석이 도와 달라는 듯 좌우를 둘러보았다.

어머니와 눈이 마주치자 최명석이 인상을 팍팍 썼다. 왜 지원을 해 주지 않고 구경만 하느냐는 항의의 표시다.

본래 어머니와 동생이 아버지를 설득하기로 약속했었다.

그러나 어머니 안지선 여사는 못 본 척 애써 시선을 외면했다.

"와아! 믿을 사람 하나 없구나."

최명석의 입에서 탄식이 흘러 나왔다.

부친의 눈치를 살피던 최연희가 마지못해 입을 열었다.

"아빠, 이번에는 믿어 줘도 될 것 같던데요?"

"너까지 왜 그래?"

"아니, 젊은 사람들 사이에 소문이 돌고 있는 게 좀 있어요."

"넌 또 뭔 소문?"

"오빠가 따라다니는 강유진이라는 사람, 진짜 장난 아니래요."

동생의 말에 최명석이 발끈했다.

"야! 뭘 따라다녀? 형 동생 하는 사이라니까. 나랑 국정원에서 함께 훈련받고, 함께 일하던 형이야."

"하여튼 그 사람이 말 한마디만 하면 경비대도 꼼짝 못 한대요.

위원회도 그렇고. 그 사람이 갑(甲)이라고 하던데요?"

"갑이라는 사람이 왜 쫓겨나?"

부친의 말에 최명석이 다시 반박했다.

"아버지, 쫓겨난 게 아니라, 그 형이 짜증 나서 떠난 거예요. 그 형은 어디 가도 생존할 수 있는 능력이 있거든요. 이번 정착지도 그 형이 만든 거라고요."

"강남보다 더 좋은 정착지를 그 남자가 혼자 만들었다고?"

"네."

"그러니까 사람들이 네 말을 안 믿는 거야. 네 머릿속에 상식이라는 건 있는 거냐?"

"와아! 진짜 미치겠다."

최명석이 자리에서 일어나 팔짝 팔짝 뛰었다.

어린애 같은 그의 행동에 최연희가 고개를 설레설레 저었다. 바로 저런 유치한 행동 때문에 아빠가 좀처럼 믿지 못한다는 걸 오빠는 모르는 것 같았다.

보다 못한 최연희가 최명석의 팔을 잡아 진정 시켰다.

"오빠, 정신 사나우니까 좀 가만히 있어봐."

"야! 만약 네가 나였다면 넌 지금 통곡을 하고 있을 거다. 이건 뭐, 가슴을 열어 보일 수도 없고. 가족 간에 이렇게 믿음이 없나?"

"아, 그러니까, 좀 앉아 보라고."

최연희가 억지로 최명석을 주저앉혔다.

그리고 아버지를 향해 말했다.

"내가 이 말은 하지 않으려고 했는데. 아빠, 서울병원 원장님 아시죠?"

"신철호 박사? 그 양반이 왜?"

최인호가 의아한 눈으로 딸을 바라보았다.

신철호 박사는 현재 강남에서 가장 시설이 뛰어나다는 서울병원의 원장이다. 전쟁 전부터 이름을 날리던 의사인지라 부유층에서 그를 모르는 사람이 없었다.

"그분도 이번에 오빠네 따라서 강남을 떠날 거라고 하더라고."

"뭐?"

"뭐?"

부자의 눈이 동시에 휘둥그렇게 떠졌다.

최인호가 신철호 박사 같은 훌륭한 의사가 왜 그런 결정을 내렸는지 의아해서 그런 것이라면, 최명석은 처음 듣는 소리라 그랬다.

최명석이 놀란 얼굴로 물었다.

"너 그 소리 어디서 들었어?"

"신 박사님 딸이 대학 후배거든. 얼마 전에 만났는데 걔가 그러더라고. 안상혁이라는 분과 그 문제로 협의 중이라고 하던데?"

"아니, 상혁이 형은 그런 일이 있으면 나한테 말을 해 줘야지."

"피이! 오빠가 뭐라고 그분이 오빠에게 일일이 보고를 해?"

"아니, 보고라기보다는 일행이니까. 의리상 말해 줘야지."

"하여튼 중요한 건 그게 아니고, 아빠, 신 박사님 같은 분이 그런 결정을 내렸다면, 그래도 뭔가 있다는 거 아니겠어요?"

"흐음!"

최인호의 입에서 신음이 흘러 나왔다.

신 박사 같은 사람이 동참하기로 했다니 진퇴양난(進退兩難)에 빠진 느낌이다.

그런 부친을 보고 있던 최명석이 심술 맞은 얼굴로 물었다.

"아버지, 설마 자식의 말은 못 믿으시는 분이…… 남이 그랬다는 말에 고민하는 건 아니시겠죠?"

"뭐, 솔직히 당황스럽기는 하다. 신 박사 같은 사람은 절대 허튼 행동을 하지 않으니까."

"아, 뭐야, 진짜."

최명석이 섭섭하다는 듯 인상을 찌푸렸다.

그런 최명석을 향해 최인호가 쐐기를 박듯 말했다.

"일단 신 박사를 만나보고 결정을 해야겠다."

부친의 선언에 최명석이 머리를 쥐어뜯었다.

"아버지, 그러면 그 사람들이 볼 때 제가 뭐가 돼요. 그냥 가자고요."

그제야 아들이 불쌍하게 느껴졌던지 최인호가 설명을 늘어놓았다.

"너를 못 믿어서가 아니라, 겸사겸사 만나서 이야기를 해보고 싶어 그러는 거다. 일행이 될지도 모르는데 미리미리 친해 두면 좋잖아."

"아니 '아' 다르고 '어' 다르잖아요. '함께 가게 돼서 반갑습니다' 하고 인사하는 거랑, '당신이 가는 이유를 들어 보고 나도 갈지 말지 결정 하려고 합니다' 는 하늘과 땅 차이라고요."

"사내자식이 예민하기는, 내가 적당히 눈치껏 할 테니 신경 쓰지 마라."

"에이, 맘대로 하세요. 어차피 나는 내 놓은 자식이니까……."

최명석이 툴툴거리자 최연희가 위로했다.

"오빠, 그래도 오빠가 하자는 대로 되는 분위기니까 맘 풀어."

"야아! 연희야 넌 내 심정 모른다. 내가 가족들 데려가겠다고 그 죽을 고생을 해 가며 왔는데…… 으아! 정작 가족들은 나를 안 믿는 거야! 하늘만 안다. 하늘만 알아."

"안 믿는 게 아니라 그냥, 돌다리도 두들겨 가며 건너는…… 그런 상황이라고 생각해."

"아니, 상혁 형은 한때 혁명군에 있었어도 그 가족들이 다들 잘

믿고 따라 가는데…… 나는 국정원에 자경단 특무대 출신인데 왜 못 믿냐고?"

"솔직히 그분은 카리스마가 있잖아."

"아후! 카리스마는 무슨 얼어 죽을 카리스마. 국가와 사회에 보탬이 된 나의 인생 이력을 보고 믿어 줘야지."

"근데 오빠, 그분이 혁명군 출신이라는 말을 막 해도 돼?"

최연희는 아무래도 조심스러운 눈치다.

혁명군에 대한 사회의 반감을 잘 아는 까닭이다.

"못할 것도 없지. 알고 보면 남한에 남아 있던 혁명군을 해체한 것도 그 형님이야. 황장엽에 비교할 만한 인물이지. 그 뒤의 행적은 황장엽보다 백배는 더 뛰어나고."

"아, 유럽에서의 일?"

최연희가 제법 아는 체를 했다.

"그렇지. 빨갱이라면 치를 떠는 박세기 대장이 상혁 형에게 한 수 접어주는 것도 그것 때문이거든."

"아하! 그랬구나. 근데 그거 진짜 있었던 일이야?"

"진짜 있었던 일이냐고?"

최명석은 일순 할 말을 잃었다. 물론 진짜냐고 물을 수밖에 없는 동생의 마음도 모르는 바는 아니다. 사실 그런 말을 곧이곧대로 믿는 사람이 이상한 거다.

"하아!"

저절로 한숨이 흘러 나왔다.

어디서부터 이야기를 시작해야 할지 알 수가 없다.

"너는 그 이야기를 누구에게 들은 건데?"

"위원장님이지. 우연히 만날 때마다 그 이야기를 하시거든."

이현도 위원장에게 유럽에서의 참변은 인생을 바꿀 만한 것이었다. 이현도 위원장이 볼 때 세상에서 그 사건을 온전히 이해하고 공감할 수 있는 사람은 많지 않았다. 고작해야 강유진이나 안상혁과 직접적으로 연관된 몇 명이 전부였다. 다른 사람들에게는 말해 봐야 신화나 전설에 불과할 것이었다. 이현도 위원장이 박세기나 최연희—최명석을 대신해서다—를 만날 때마다 유럽에서의 끔찍한 경험을 꺼내는 것은 그런 이유에서였다.

최명석이 동생을 보며 분명하게 말했다.

"네가 들은 이야기는 백배 정도 축소된 거라고 생각하면 돼."

"에? 과장이 아니라 축소라고?"

최연희는 믿지 못하겠다는 얼굴이었다.

솔직히 모세니, 가브리엘이니 하는 말도 심하다고 생각하고 있었다. 그런데 그게 백배쯤 축소된 거라니? 장난치지 말라고 말하려는데, 오빠의 표정이 너무 진지하다.

"아, 몰라. 하여튼 과거를 덮을 만큼 대단한 일을 했다 이거지?"

"그래, 그냥 그 정도만 생각해라. 더 깊이 들어가 봐야 너만 피곤해진다."

"오빠도 그때 유럽에 있었어?"

"아니, 왜?"

"그럼 오빠도 잘 모르는 거네. 그러면서 왜 백배나 축소됐다고 말해? 오빠가 그러니까 사람들이 오빠 말을 잘 안 믿는 거야."

"야! 난 안 봐도 알아."

"아, 네에. 그러세요?"

최연희는 더 이상 이야기하기 싫다는 듯 자리를 떴다.

최인호도 슬그머니 자리에서 일어섰다.

두 남매가 나누는 이야기를 들으니 더 이현도 위원장을 만나야겠다는 생각이 든다. 소문에 대해서도 자세히 듣고, 신 박사가 정말 떠나기로 한 건지도 알아볼 생각이었다. 신 박사의 판단이 자신의 천방지축 아들보다는 믿음직하지 않겠는가!

* * *

"뭐, 그런 이유로 위원장님을 찾아왔습니다."

최인호가 이현도 위원장을 지그시 바라보았다.

굳은 얼굴로 이야기를 듣고 있던 이현도 위원장이 한숨을 길게 내쉬었다.

"하아! 정말 당황스럽군요."

"죄송합니다. 하지만 꼭 사실을 확인해야겠다는 생각이 들어서 말입니다. 가족의 생사가 달린 일인지라……."

최인호는 꼭 들어야겠다는 듯 시선을 고정했다.

그 고집스러운 얼굴에 이현도는 떨떠름한 표정을 감추지 않았다.

"저는 솔직히 안상혁 님과 최명석 씨가 강남에 남아 줬으면 하는 바람을 가지고 있습니다. 그 마음은 지금도 변함없고요. 하지만 그러지 않겠지요. 저라도 그럴 겁니다. 만약 제가 위원장이 아니었다면 누구보다 먼저 두 사람을 따라가겠다고 나섰을 겁니다."

이현도 위원장은 안상혁의 이름을 말할 때 극도로 공손한 태도를 취했다. 그런 분위기는 최인호에게도 고스란히 전해졌다.

"그 사람들이 그 정도로 믿음직한 겁니까? 위원장님께서 목숨을 맡기고 싶을 정도로요?"

"그분들은 신의 사자입니다. 다른 말로는 표현할 길이 없군요."

"허허, 신의 사자라니요. 농담도 잘 하십니다."

"전투 헬기들이 손짓 한 번에 땅에 처박히고, 탱크가 성냥갑처럼 찌그러졌습니다. 기갑여단과 헬기 부대가 고철이 되는데 20분도 걸리지 않았습니다. 비무장한 단 두 사람이 그렇게 만든 겁니다. 그런 분들을 신의 사자라고 하지 않으면 무엇이라고 부르겠습니까?"

"허허, 정말 그랬다면야 신의 사자가 아니라 신이라고 해도 되겠지요. 그런데…… 그게…… 쩝!"

최인호는 차마 지나친 과장이라 말하지 못하고 혀를 찼다.

이현도는 최인호가 쉽게 믿지 못하는 것을 알았지만 그를 탓할 생각은 없었다. 자신도 그날의 일이 꿈인지 생시인지 종종 헷갈릴 지경인데, 전해 듣는 사람이야 오죽할까!

"하여튼 훌륭한 아드님을 두셨습니다."

"훌륭하긴요. 아직 철이 없는 녀석입니다."

말은 그렇게 해도 남에게 듣는 자식 칭찬인지라 뿌듯한 얼굴이다.

"허허, 부모의 눈에 자식은 언제나 그렇게 보이나 봅니다. 최명석 씨도 그쪽 정착지의 지도자 중 한 사람이라고 알고 있습니다. 저는 그분들 앞에 명함도 내밀지 못합니다. 그렇게만 알아 두시면 됩니다."

"헐, 설마요. 너무 잘 봐주신 겁니다."

"아닙니다. 그분들 정착지의 무력과 과학 기술력은 비교할 곳도 없을 만큼 독보적입니다. 지구상에서 가장 안전하고 발전까지 보장된 곳이죠. 제가 따라가고 싶다고 한 것은 결코 빈말이 아닙니다. 사실 그분들이 모두 돌아와 주었으면 하는 바람도 있지만……. 이곳의 형편을 생각하면…… 뻔뻔한 소리죠."

이현도는 금세 우울한 표정이 되었다.

강남에 희망이 없음에도 따라나서지 못하는 것은 위원장이라는 직책 때문이다. 강남에서 위원회는 과거 국회의 기능을 한다. 다시 말해 위원회는 재건 국가를 위해 헌신하겠다는 사람들의 모임이기도 했다. 그러니 형편이 나쁜 걸 알면서도 자리를 지킬 수밖에 없었다.

"이곳의 형편이 그렇게 안 좋습니까?"

지금까지 강남을 가장 안전한 곳으로 믿고 있던 최인호에게 이현도 위원장의 말은 조금 충격적이었다.

"강남은 자급자족할 수 있는 도시가 아니지 않습니까?"

"……."

이현도는 당연한 걸 왜 묻냐는 얼굴이다.

최인호는 그제야 자신이 보고 싶은 것만 보며 살았다는 자책을 했다. 확실히 강남은 자급자족과는 거리가 멀다. 갑자기 정신이 번쩍 들었다. 배급을 받으며 지내는 동안 감이 무뎌졌다. 그러고 보니 강남의 사람들은 모두 위원회만 바라보며 살고 있다. 그러나 위원회라고 뾰족한 수가 있는 건 아니다. 냉정하게 말해서 그들은 단지 창고의 관리인일 뿐이다. 그러나 누군가 채워주지 않는 이상, 창고는 언젠가는 비게 된다.

"딸에게서 신철호 박사님의 이야기를 들었습니다. 이번에 강남을 떠나신다고 들었는데……."

"신 박사요? 예, 떠나겠다고 하더군요."

"……."

최인호의 멍한 표정에 설명이 필요하다고 생각했는지 이현도가 말을 이었다.

"그 친구는 저랑 동창 사이라 자주 만나는 편입니다. 평소 강선생님에 대해서 많이 이야기했었죠. 요즘은 후회하고 있는 중입니다."

이현도가 떨떠름한 표정으로 머리를 긁적였다.

신철호 박사와는 고교 동창으로 전쟁 전부터 절친이었다. 자신이 전임 위원장의 조인트를 까던 날이다. 신철호 박사가 찾아와서 '왜 그랬냐?' 고 물었다. 그에게 유럽에서 있었던 일을 털어 놓았다. 그날 처음으로 '모세와 가브리엘' 이라는 말을 했다.

그러자 신철호 박사도 자신이 경험한 강유진에 관한 신비한 이야기를 들려주었다.

그 뒤 신철호 박사는 자칭 '강유진의 팬' 이 되었다.

"말리지도 못했습니다. 신 박사는 그쪽에 자리를 잡으면 연락하겠다고 하더군요. 저는 그 친구를 통해 나중에 도움이라도 요청할 수 있지 않을까 내심 기대하고 있는 중입니다."

"도움이요?"

"거기는 비상식량도 많고, 곧 농사도 시작할 거라고 들었습니다. 기회가 되면 식량 원조를 요청하러 방문해 볼 생각입니다. 옛정이 있는데 내치지는 않겠지요. 아! 말이 나온 김에, 최 사장님께도 미리 부탁 말씀드리겠습니다. 제가 그쪽에 방문하게 되면…… 잘 좀 도와주십시오."

"에이, 그럴 일이 있겠습니까?"

"저도 그런 일이 생기지 않기를 바랍니다만…… 아시다시피 우리 쪽은 어디 하나 새로운 게 나올 구석이 없습니다. 가진 거 다 소진하면 끝입니다. 농사는 꿈도 못 꾸는데 창고는 거의 다 털어먹었고. 말이 좋아 재건 정부지…… 가진 건 아무것도 없습니다."

"……."

"게다가 우리 쪽 정보에 의하면 최명석 씨는 그곳의 지도자급 인물입니다. 저나 신 박사 같은 사람 열 명보다 아드님의 말 한마디가 더 도움이 됩니다."

"……알겠습니다."

최인호는 고개를 끄덕였다.

어차피 음식이 드는 일도 아니고, 말뿐인데 그렇게 하지 못할 이유가 없었다.

더 이상 할 말이 없는지 두 사람 사이에 잠시 침묵이 흘렀다.

머뭇거리던 이현도 위원장이 조심스럽게 물었다.

"그럼, 신 박사를 만나 보시렵니까?"

"아닙니다. 사정을 다 알게 되었으니 다른 사람은 더 이상 만나지 않아도 될 것 같습니다."

"알겠습니다."

"그럼 저는 이만……."

최인호가 자리에서 일어섰다.

이현도 위원장이 최인호에게 악수를 청하며 말했다.

"최 사장님, 앞으로 잘 부탁드리겠습니다."

"그럴 일이야 있겠습니까마는…… 도울 수 있다면 돕겠습니다."

"정말 감사합니다."

이현도 위원장이 머리를 숙였다.

최인호는 갑작스러운 이현도 위원장의 태도에 당황했다.

한편으로는 자신의 아들이 어느 정도 위치에 있는 사람인지 느낄 수 있었다. 어느새 아들은 재건 정부 최고위 인사가 머리를 숙이고 부탁할 정도의 자리에 올라서 있었던 것이다.

*　　*　　*

"무슨 걱정 있으세요?"

임지연이 우두커니 서서 창밖을 내다보고 있는 강유진에게 다가갔다.

강유진과 그의 딸은 사람들이 숙소로 사용하고 있는 내무반에서 조금 떨어진 곳에 보금자리를 꾸몄다. 그곳은 연병장이 내려다보이는 CP(Command Post)다.

연병장 한쪽에 들어선 비닐하우스를 보며 강유진이 중얼거렸다.

"내가 지금 무엇을 하고 있나 생각하던 중입니다."

"왜요?"

임지연이 강유진의 곁에 섰다.

그녀의 눈에도 비닐하우스가 들어왔다.

땅은 아직 농사를 지을 준비가 되어 있지 않았다. 저건 단지 땅의 온도를 유지하기 위한 보호 장치다. 그럼에도 불구하고 제법 그럴싸하게 보였다. 사정을 모르는 사람이 본다면 저곳에서 농사를 짓고 있는 것으로 착각할지도 모른다.

"평범하게 살다가, 초고대의 유물을 얻고, 지금까지 정신없이 달려왔습니다. 그런데 지나온 삶의 어떤 곳에서도 이렇다 할 의미를 찾을 수가 없네요. 하루하루를 그때그때의 임기응변으로 살아가고 있는 느낌입니다."

"……."

"물론 이곳에 정착한 뒤로 여유가 생겨서 그런 잡생각이 드는지도 모르겠습니다."

"저도 강남과 달리 여기가 편안하기는 해요."

"다행입니다."

"제가 이곳을 편안하게 느끼는 이유는, 강 선생님과 함께 있을 수 있어서 그런 거예요."

"……."

갑작스러운 고백에 강유진은 침묵했다.

솔직히 두 사람은 아직 '함께'라고 말하기 어려운 상태였다. 임지연은 CP가 아니라 여자들 숙소에서 지내고 있었다.

처음에는 이혼남이라는 자격지심(自激之心)으로, 그리고 시간이 흐른 뒤에는 딸과 함께 있는 것에 대한 부담 때문에, 그녀에게 선뜻 다가가지 못했다.

그런 자신의 우유부단함에 임지연이 상처를 입었을지도 모른다. 제3자인 안상혁과 최명석의 눈에 보일 정도로 말이다.

미안해하는 마음이 표정에 고스란히 드러났다.

눈치 빠른 임지연은 얼른 화제를 바꾸었다.

"참! 전에 제가 말했었죠? 강 선생님의 정령이 사용하는 불에서 플라즈마 에너지를 발견했다고요. 그 플라즈마 에너지를 전기 에너지로 변환하는 장치의 설계가 끝났답니다. 기계의 이름은 플라즈마 발전기! 그럴듯하죠? 그걸 만들면 전기의 사용은 물론, 제가 개발한 나노융합 플라즈마 전지도 충전할 수 있어요. 그렇게 되면 강 선생님의 부담도 많이 덜어질 거예요. 그리고 또……."

"임 박사님."

강유진이 임지연의 말을 끊었다.

"네?"

"이런 저라도 괜찮다면 함께해 주십시오."

"네? 무슨 말씀이신지?"

"제 곁에서, 저와 함께, 살아 달라는 말입니다. 저의 아내, 하연이의 엄마가 되어 주실 수 있겠습니까?"

"……."

임지연은 멍한 얼굴로 숨까지 멈추었다.

오랜 시간 기다리던 소리였지만, 정말 그의 입에서 저 말이 나올 거라는 기대는 하지 못했다. 그러기에 그는 너무 컸다. 자신의 기억과 경험에 의하면 그는 신에 가장 가까운 사람이었다. 현대의 교육이 아니었다면, 그를 신이라고 섬겼을지도 모른다. 100년 전의 사람들이라면 분명히 그랬을 것이다.

그런 남자가 자신에게 수줍은 얼굴로 청혼을 하고 있다.

"다, 당연하지요. 저는 이미 얼굴이 다 팔렸다고요. 강 선생님이 아니면 평생 혼자 살아야……."

임지연은 말을 잇지 못했다.

강유진이 양팔로 임지연을 와락 안았던 것이다.

임지연은 기다렸다는 듯 그의 품으로 더 깊이 파고들었다.

강유진의 시선이 창밖으로 향했다.

자기 삶의 의미는 여전히 알 수 없었지만, 가슴이 뿌듯할 정도로 충만한 느낌이다.

지금은 이것만으로도 충분하지 않을까?

상선약수(上善若水, 최고의 선은 물과 같다)라던가.

쫓기듯 산 것이 아니라 물결 따라 흘러온 것이다.

이 끝에 무엇이 기다리고 있는지는 아직 모르지만 말이다.

강유진은 그렇게 생각하기로 했다.

제2화

가족의 재구성

그날 저녁 임지연은 여자 숙소에서 짐을 꾸렸다.

고개를 갸웃거리던 김미연이 옷가지를 건네며 물었다.

“박사님? 잠자리를 다른 데로 옮기시려고요? 남은 자리는 그다지 좋은 곳이 아닌데…….”

임지연이 배시시 웃었다.

“좋은 곳으로 갈 거예요.”

“좋은 곳요? 미나 씨, 여자 숙소에 좋은 자리 난 데 있어요?”

박미나가 고개를 저었다.

“없을걸요? 자리라고 해 봐야 뻔한데…… 그런 데가 있을 리가…….”

"그런데 임 박사님은 옮긴다고 짐을 꾸리고 있잖아요?"

"옆자리로 가시려나 보죠."

"옆자리는 난데? 난 바꾸겠다고 동의한 적 없다고요."

두 여자의 수다를 듣고 있던 임지연이 얼굴을 붉히며 말했다.

"오늘 강 선생님이 함께 살자고 해서…… 그러겠다고 했어요."

…….

두 여자는 물론 아까부터 보고 있던 여자 숙소의 사람들까지 모두 석상처럼 굳었다.

숨소리도 들리지 않았다.

그러나 그것도 잠시, 이내 시장통처럼 시끌벅적하게 달구어졌다.

"어머! 축하해요!"

"드디어 강 선생님이 용기를 냈군요!"

김미연과 박미나가 거의 동시에 소리를 질렀다.

곧이어 여자들이 몰려들어 축하의 인사를 건넸다.

임지연은 여성들에게 대표이자, 언니, 동생 혹은 이모와도 같은 존재였다. 오랜 동거 생활 속에서 다져진 가족 같은 유대는, 마치 임지연이 시집을 가는 듯한 분위기를 연출했다.

임지연도 일일이 눈을 맞추고 고개를 숙이며 화답했다.

폭풍 같은 시간이 지나자 여자 숙소는 다시 잠잠해졌다.

김미연과 박미나가 임지연의 가방을 나누어 들었다.

"그냥 혼자 가도 되는데……."

임지연의 말에 김미연이 고개를 저었다.

"임 박사님, 오늘만 기분 내세요. 이런 기념비적인 날, 손에 바리바리 짐을 들고 가는 것도 이상하다고요."

"맞아요. 우리가 숙소 앞까지만 이라도 시중을 들어 드릴게요. 옛날 같으면 문풍지에 막 구멍 뚫고 구경하고 그랬을 텐데. 그쵸?"

박미나의 말에 여자 숙소 곳곳에서 웃음소리가 터져 나왔다.

김미연이 피식 웃으며 답했다.

"그건 전설의 고향 같은 데서 하던 거고요. 임 박사님 가족 분들 대신이라고 생각해 주세요."

"네……."

임지연이 애써 담담한 미소를 지어 보였다.

박미나는 그제야 김미연의 말뜻을 알아들었다.

전해 듣기로 임지연의 가족들은 전부 미국이나 유럽으로 피난을 갔다. 한국 정부에서 강유진을 죽였다는 사실에 충격을 받고, 상류층 인사들의 출국 러시에 섞여, 한국을 떠난 것이다. 다른 사람들이 살기 위해 나라를 버렸다면 임 씨 일가는 국가에 대한 혐오감으로 그렇게 했다. 그 와중에 임지연만 자의반 타의반으로 자리를 지켰다. 강유진의 생존에 대한 미련과 한국 정부의 입김이 임지연의 발목을 잡았던 것이다.

김미연과 박미나가 양쪽 손에 가방을 들고 앞장섰다.

여자 숙소를 나서자 살을 에는 추위가 몰려 왔다.

김미연이 큰소리로 말했다.

"박사님, 강 선생님이 못되게 굴면 언제라도 돌아오세요!"

"그래요! 우리는 언제나 박사님 편이에요!"

김미연과 박미나는 임지연 박사의 가족들이 있었다면 해 주었을 소리를 대신했다.

임지연이 알았다는 듯 격하게 고개를 끄덕였다.

말은 그렇게들 했지만 김미연과 박미나는 임지연이 다시 돌아오지 않을 거라는 걸 알았다. 임지연의 인내심이 뛰어나서가 아니라, 곁에서 지켜본 강유진의 성품을 믿는 까닭이다.

CP앞에 도착하자 박미나가 문을 세차게 두드렸다.

쾅. 쾅. 쾅.

기다렸다는 듯 문이 열리며 따뜻한 온기가 밖으로 쏟아져 나왔다.

추위에 떨던 여자들은 앞다퉈 안으로 들어갔다.

이미 강유진에게 이야기를 듣고 기다리고 있던 하연이는 임지연이 들어가자 팔을 벌리고 달려들었다.

자리를 잡고 앉은 여자들의 수다가 늦게까지 이어졌다.

한참 수다를 떨던 박미나가 물었다.

"그런데 강 선생님, 신방(新方)은 어딘가요?"

"저깁니다."

강유진이 뻔뻔한 얼굴로 한쪽을 가리켰다.

급하게 조립식 패널(panel)로 벽을 세워 만든 두 개의 방이 보였다.

박미나의 얼굴에 음충스런 미소가 떠올랐다.

"미성년자 딸과 함께 살고 있는데 너무 허술하게 지은 거 아니에요?"

…….

갑작스러운 강도 높은 농담에 사람들은 눈만 끔뻑거렸다.

임지연은 손부채로 달아오른 얼굴에 연신 부채질을 했다.

알 건 다 안다고 자부하던 하연이 역시 당황하기는 마찬가지다. 생각해 보니 과연 그런 것 같다.

"내, 내가 피해 주면 돼요!"

…….

나름 생각해서 한 말인데, 하연의 그 말에 어른들은 일순 할 말을 잊고 말았다.

어색해진 분위기를 견디다 못한 강유진이 결국 입을 열었다.

"여러분, 그런 건 신경 쓰지 마십시오. 저 방과 거실은 가까이 붙어 있지만, 내가 원한다면 우주에서 가장 먼 거리가 될 수도 있습니다."

"그게 가능한가요?"

이 순간 임지연의 관심은 과학적으로 어떻게 그게 가능한 것인가에 있었다.

강유진은 웃으며 고개를 끄덕였다.

강유진의 말에 여자들은 이내 다른 곳으로 주제를 옮겼다.

말 그대로, 지칠 때까지 수다를 떨던 여자들은 눈꺼풀이 슬슬 내려올 즈음에야 자리에서 일어섰다.

그러고도 아쉬움이 남은 듯 문가에서 임지연을 안으며 인사를 나누었다.

보다 못한 강유진이 슬쩍 한마디 던졌다.

"우리가 어디 이사 가는 것도 아니고, 내일이면 또 볼 분들이 뭘 그렇게까지……."

박미나가 새쭉한 표정으로 말했다.

"흥! 남자들은 여자를 시집보내는 가족들의 심정을 모른다고요!"

긴 포옹을 풀고 난 뒤 김미연이 고개를 끄덕였다.

"맞아요, 강 선생님은 하연이 시집보내는 날에나 이런 심정을 이해할 거예요."

"저는 데릴사위 들일 생각인데요?"

김미연이 멍한 얼굴로 강유진과 하연이를 번갈아 바라보았다.

하연이가 당연하다는 듯 고개를 끄덕였다.

"맞아요! 난 시집 안 가요!"

"박사님도 데릴사위 찬성이에요?"

김미연의 물음에 임지연이 환하게 웃으며 답했다.

"가족이 많으면 좋죠."

* * *

임지연 박사가 김미연 박사를 조수삼아 본격적으로 플라즈마 발전기를 제작하는 데 걸린 시간은 꼬박 보름이었다. 역사상 유래 없던 정령의 플라즈마 에너지를 전기 에너지로 바꾸는 일이었지만, 임지연 박사의 전공 분야다 보니 생각보다 오래 걸리지는 않았다.

플라즈마 발전기보다는 오히려 전기보일러와 패널의 제작이 문제였다.

제작 기술이 있다고 해도 재료의 수급에 문제가 따랐다. 부대에 있는 것을 활용하는 것에도 한계가 있다. 결국은 도시나 공장에서 버려지거나 방치된 자재들을 공수해 와야 한다.

하지만 그런 고되고 잡다한 일까지 임지연 박사가 맡아서 할 수는 없었다. 누군가 그쪽 분야의 기술을 습득하고 재료까지 조달해야 한다.

강유진과 임지연이 그 문제로 고민하고 있을 때 손재형이 자원했다.

아이디 가구에서 잔뼈가 굵은 기술자 출신인 그인지라, 강유진은 두말 않고 그를 보일러와 패널 제작의 책임자로 임명했다.

손재형은 부대 안에 있는 재료를 끌어모아 보일러와 패널을 제작해 나갔다.

그러다 더 이상 재활용할 것이 없다고 판단되자 조심스럽게 인근 마을과 도시를 뒤지고 다녔다.

손재형의 그런 노력 덕분에 남자와 여자 숙소는 물론 식당과 초소까지도 난방이 가능해졌다. CP까지 전기보일러 시공을 한 뒤 손재형은 몇 개의 건물에 시범적으로 난방 공사를 했다. 어차피 플라즈마 발전기를 통해 나오는 전기는 차고 넘쳐서 어려운 일은 아니었다.

그렇게 해서 버려졌던 창고 건물들이 하나씩 숙소로 재탄생했다.

목수 출신의 손재형은 내친김에 창고를 다시 가정집으로 개조해 나갔다.

그 집을 임지연이 마음에 들어 하자 CP도 개조해 주었다.

손재형에 의해 CP를 제외하고도 집이 다섯 채나 만들어졌다.

그러자 다섯 개의 독채를 누구에게 주느냐가 정착지 주민들의 새로운 관심사로 떠올랐다.

그 일을 두고 불필요한 말이 돌아다니자 강유진은 여자 대표들을 불러 모았다.

정착지에서의 첫 주민 회의를 연 셈이다. 상의 끝에 일단 10인 이상의 대가족과 신혼부부들에게 가정집을 분양해 주기로 결정했다.

주택의 분배 방침이 정해지자 박미나가 당당하게 말했다.

"명석 씨와 저도 신혼이라고 할 수 있으니까 후보에 넣어 주세요."

강유진이 알았다는 듯 고개를 끄덕였다.

"그렇게 하겠습니다. 김대식 씨와 황수정 씨를 포함해 신혼은 두 가족이 되겠군요."

임지연이 웃으며 말했다.

"후후, 보이는 게 전부가 아니랍니다. 분명히 우리가 알지 못하는 짝들이 더 있을 거예요."

우연처럼 임지연의 눈이 김미연에게로 향했다.

하지만 김미연은 입술을 움찔거리기만 할 뿐 자신 있게 나서지 못했다.

안상혁과 많은 시간을 가지긴 했지만 아직 그렇게까지 진도가 나가지 못해 망설이고 있는 것이다.

강유진도 무심코 김미연에게 고개를 돌렸다.

"상혁이와는 어떻게……."

강유진의 물음에 김미연이 어색하게 웃어 보였다.

"아하하! 그렇지 않아도 이번에 돌아오면 진지하게 이야기해 보려고요."

"그 녀석이 그런 쪽으로는 둔해서 적극적으로 밀어붙여야 할 겁니다."

"둔하지는 않은데…… 좀 빼는 것 같더라고요."

김미연의 말에 임지연이 발끈해서 말했다.

"아니, 우리 김 박사님이 어디가 어때서 빼요? 과분하지! 그렇지 않아요?"

임지연이 동의를 구한다는 듯 강유진에게 시선을 돌렸다.

"아! 네, 맞습니다. 상혁이에게 김 박사님은 과분하지요. 저도 그렇게 생각하고 있습니다."

강유진의 지원에 임지연이 의기양양한 얼굴로 말했다.

"거봐요. 다들 그렇게 생각하고 있다고요."

"그런데…… 상혁 씨가 가족들 걱정으로 다른 건 자꾸 미루더라고요. 이번에 돌아오면 제가 좀 더 강하게 나가 보려고요."

김미연이 다짐이라도 하듯 주먹을 불끈 쥐어 보였다.

"호호! 상혁 씨가 이번에는 빠져나가지 못하겠네요."

박미나의 말에 모여 있던 사람들이 가볍게 웃음을 터뜨렸다.

불현듯이 생각난 듯 임지연 박사가 중얼거렸다.

"벌써 한 달이 지났네요. 이제 슬슬 돌아올 때가 된 것 같은데……."

"그러게요. 너무 소식이 없으니까 조금 걱정되네."

걱정된다는 김미연의 말에 박미나가 억지로 웃으며 말했다.

"에이, 괜찮을 거예요. 무소식이 희소식이라고 하잖아요. 그쵸? 강 선생님?"

"네."

강유진은 담담한 얼굴로 고개를 끄덕였다.

그러고 보니 벌써 한 달이 지났다. 예정대로라면 지금쯤 돌아왔어야 한다. 그러나 무슨 일이 생겼는지, 인편을 통한 연락조차 없다.

'정말 일이 생긴 건가…….'

추위는 물론 흡혈귀까지 준동하는 세상인지라 걱정이 됐다.

여자들의 안색이 어두워졌다.

"오늘부터 제가 조금 멀리까지 마중을 나가 보겠습니다."

강유진의 말에야 여자들의 얼굴이 펴졌다.

강유진에게야 조금 먼 거리겠지만, 보통 사람에게는 상상할 수도 없는 거리일 것이다.

사실 여자들도 추위보다는 흡혈귀에 대한 걱정이 더 컸다.

그도 그럴 것이 영화와 달리 현실의 흡혈귀는 십자가나 마늘 따위로 해결할 수 있는 존재가 아니었다.

서울로 간 사람들의 이야기를 끝으로 회의는 끝이 났다.

*　　*　　*

신철호 박사는 오랜만에 책상을 정리했다.

서가에서 손때 묻은 책들을 꺼내 다시 가방에 담았다.

최명석의 상태가 여행을 떠나도 될 정도가 되어 슬슬 신병 정리를 하고 있는 것이다. 본래 마음을 정했을 때 병원장의 자리를 내려놓으려고 했다. 그러나 떠나는 날까지만이라도 자리를 지켜 달라는 위원장의 부탁으로 지금까지 병원에 나왔다.

마지막으로 책상 위에 놓아두었던 가족사진으로 눈이 갔다.

북한의 미사일 공격으로 사망한 딸이 환한 표정으로 웃고 있다.

'이 녀석, 아빠는 네가 그렇게 좋아하던 강유진을 만나러 간다.'

친구의 말처럼 그가 대단한 능력자라서 그를 찾아가는 건 아니다.

신철호 박사는 —남들이 들으면 이상하다고 하겠지만— 딸을 대신해 강유진을 만날 생각이었다. 딸이 마지막으로 보고 싶어 한 사람이 그였음을 알려주고 싶었다.

부모를 제외하면, 이제 딸을 기억하고 있는 사람은 그가 전부다. 그를 만나 딸의 파릇파릇한 시절에 대한 이야기를 나눌 생각이다.

한편으로는 딸이 피를 흘린 서울에서 더 이상 살고 싶지 않다는 마음도 있었다.

신철호 박사가 애잔한 표정으로 사진을 쓰다듬고 있을 때다.

똑. 똑.

가벼운 노크 소리와 함께 문이 열렸다.

그리고 허명원 박사가 낯선 남자를 데리고 안으로 들어왔다.

허명원 박사가 한 걸음 나서며 눈인사를 건넸다.

"원장님, 제 사돈어른께서 원장님께 하실 말씀이 있다고 해서 잠시 모시고 왔습니다."

허명원 박사의 말이 끝나기가 무섭게 낯선 남자, 김이수철이 손을 내밀었다.

"안녕하십니까? 시민운동가 김이수철입니다."

"아, 예, 신철호입니다. 앉으시지요."

얼떨결에 인사를 나눈 신철호 박사가 두 사람에게 소파를 가리켜 보였다.

김이수철이 소파에 걸터앉으며 다소 과장된 탄성을 흘렸다.

"허허! 이거 가죽 소파네요. 이게 몇 년 만인지 모르겠습니다. 역시 서울 최고의 병원장님이십니다."

"……."

신철호 박사는 웃기만 했다.

어차피 이 사무실과도 이별인데 가죽 소파면 어떻고 나무 의자면 어떻단 말인가!

"그런데 무슨 일로 저를 찾아 오셨는지요?"

허명원 박사가 먼저 운을 뗐다.

"사돈께서 어떻게 저희 병원 일을 아시고서…… 저를 찾아오셨더랬습니다. 나머지는 사돈께서 직접 말씀해 주실 겁니다."

'병원 일이라니?'

신철호 박사가 고개를 갸웃거렸다.

시민운동가가 찾아올 병원 일이라는 게 뭘까?

뒤늦게 김이수철이라는 사람이 누구인지 떠올랐다. 악마 추방 모임이라는 걸 만들어 우대권을 요구하다가 이현도 위원장에게 맞고 쫓겨난 사람이다. 그 사건으로 강유진과 안상혁이라는 사람이 세간의 화제로 떠오른 적이 있었다. 바로 그 전설적인—개망신이라는 분야에서— 사람과 얼굴을 마주하고 있자니 느낌이 야릇했다.

시민 운동가 김이수철이 정색을 하고 말했다.

"원장님, 거두절미(去頭截尾)하고 본론으로 들어가겠습니다. 최근에 안도희라는 간호사를 채용한 것으로 알고 있습니다. 맞습니까?"

"그렇기는 합니다만?"

"그 간호사의 오빠가 소문이 자자한 안상혁 씨라서 그렇게 한 것이겠지요?"

"그렇습니다."

신철호 박사는 선선히 고개를 끄덕였다.

그런 비밀을 김이수철이 어떻게 알았는지 몰라도, 일단 안도희의 채용은 이현도 위원장의 간곡한 부탁에 의해서였다.

"역시 그랬군요. 그렇다면 그 안상혁 씨가 혁명군 장교였다는 사실은 알고 계셨습니까?"

"……."

김이수철의 질문에 신철호 박사는 일순 할 말이 없었다.

안상혁이 혁명군 장교였다고?

형언할 수 없는 감정이 온몸을 훑고 지나갔다.

이현도 위원장은 그런 이야기는 하지 않았다. 그도 모르고 있었거나, 할 이유가 없다고 생각해서일 게다.

전쟁 통에 딸을 잃은 친구의 앞이라서 더 조심스러웠는지도 모른다.

생각에 잠긴 신철호 박사를 보며 김이수철이 계속 말했다.

"오빠의 혁명군 이력이 들통 나 보훈병원에서 쫓겨난 안도희 씨를, 서울병원에서 수간호사로 특별 채용한 겁니다. 이게 말이 된다고 보십니까?"

"흠!"

신철호 박사의 입에서 침음성이 흘러나왔다.

당연히 말이 안 된다.

남한에서 혁명군은 증오의 대상에 불과하다. 그래서 혁명군을 가족으로 둔 사람들은 과거를 숨기고 살아간다. 전쟁으로 가족을 잃지 않은 사람이 없으니 당연한 일인지도 모른다.

그러나 가슴 답답하게 조여 오던 감정은 이내 수그러들었다.

반신반의라는 말은 '절반은 믿는다'는 뜻이다.

이현도 위원장의 증언이 사실이라면, 안상혁의 혁명군 이력은 의미가 없다.

미국에서 유학하던 이승만이 한때 자신의 국적을 일본이라고 적었던 것이나, 박정희가 남로당 출신이라는 것도 가십(gossip)거리에 불과하지 않던가!

하물며 안상혁의 업적과 권위는 그들과 비교할 수 없을 정도로 뛰어나다.

게다가 안상혁이 가지고 있는 힘은 현재 진행형이다.

'그리고 그는…….'

강유진의 동생이기도 하다.

안상혁은 딸이 죽기 전까지 그리워하던 남자의 의동생이다. 강유진에 대한 딸의 감정을 생각하면, 그와 관계된 모든 것을 포용하고 싶어진다.

"강유진과 안상혁이 한 일이라는 것도 실체는 모호하지 않습니까? 단지 이현도 위원장의 증언 하나로 그들은 아시아를 구한 영웅으로 떠받들어지고 있습니다. 그 많은 사람들이 사지(死地)에서 돌아 왔는데, 목격자가 고작 한 명이라는 말입니다. 이게 가능한 일입니까?"

"저는 서울병원의 원장으로 위원회의 협조 요청을 받아들였습니다. 그 과정에 문제가 있다고 생각되시면, 직접 위원회를 찾아가 항의하시면 될 것 같습니다."

"아니, 제 말은 그게 아니라, 원장님도 전쟁으로 가족을 잃은 분이 아니십니까? 그런데 이런 반민주적이고 반민족적이기까지 한 일이 병원에서……."

"김이수철 씨, 저의 가족사는 입에 올리지 말아 주십시오. 그리고 다시 한 번 말씀 드리지만, 직원 채용의 과정에 문제가 있다고 생각되시면 위원회로 찾아가 주시기 바랍니다."

"허어! 참 답답한 분이시네……."

김이수철이 불쾌한 얼굴로 신철호 박사를 쏘아보았다.

"원장님 말씀대로 위원회에 따질 일은 위원회에 따지겠습니다. 그러나 서울병원의 간호사 채용에 관한 일인데, 정작 원장님이 남의 일인 양 방관하는 것도 좋아 보이지는 않네요. 어떻게 생각하십니까?"

"그 직원은 내가 채용한 것이 아니라 위원회의 요청에 따라 받아들인 것뿐이라고 말하지 않았습니까? 지금 저에게 원하는 게 뭡니까? 두 분과 함께 위원회를 씹어 달라는 겁니까?"

신철호 박사가 언성을 높이자 허명원 박사가 급히 중재에 나섰다.

"원장님, 아닙니다. 그런 게 아니라 그런 과정에 대한 항의 표시를 해주십사 찾아온 겁니다. 이번 일에 대한 시민들의 불만이 이만저만이 아닙니다. 저의 사돈께서 항의의 뜻으로 시민 불복종 운동을 벌이셨습니다. 동참하기로 한 사람이 벌써 천 명이 넘습니다. 재건 정부 수립 이래 최대의 스캔들이지요."

순간 김이수철이 품속에서 큼지막한 서류 봉투를 꺼내 테이블 위에 올려놓았다.

"이게 뭡니까?"

"제가 받아온 시민 불복종 운동에 동참한다는 서명입니다. 가장 위쪽에 원장님의 이름을 적어 놓았습니다. 서명만 해 주시면 됩니다."

"하지 않겠습니다. 나는 위원회의 결정에 이의를 제기하고 싶지 않습니다."

"……."

일순 허명원 박사와 김이수철은 할 말을 잃었다.

지금까지 그렇게나 열렬하게 안상혁의 과거사를 밝혔는데, 동참하지 않겠다니?

김이수철은 속에서 뭔가 "욱!"하고 치밀어 올랐다.

"그럼 원장님은 혁명군 가족을 간호사로 채용한 게 잘된 일이라고 보십니까?"

"안상혁 씨의 과거 이력보다는 그가 현재 하고 있는 일이 더 중요하다고 생각합니다. 안상혁 씨가 유럽에서 한 일이라면 혁명군의 과거를 상쇄하고도 남는다고 봅니다만."

“그런데 그것에 대한 증거 자료가 없다 이 말입니다. 강유진과 안상혁이 실제로 유럽에서 그 일을 했는지 아무도 몰라요. 이현도 위원장이 봤다고 하는데, 저는 그 증언을 믿을 수 없다는 겁니다. 여기에 서명한 다수의 시민들도 저처럼 그렇게 생각하고 있고요.”

“하지만 이현도 위원장의 말을 믿는 사람들도 있겠죠? 저는 믿는 사람 중 하나입니다. 그러니 서명할 수가 없습니다. 이제 됐습니까?”

“신 원장님과 이현도 위원장이 동창이라고 알고 있습니다. 혹시 두 분의 유착 관계 때문에 그런 결정을 내리신 건 아닙니까?”

“정도를 넘어서는 발언이군요. 상당히 불쾌합니다. 두 분, 이제 그만 나가 주시죠.”

말과 함께 신철호 원장이 자리에서 일어섰다.

허명원 박사가 다소 떨떠름한 표정으로 일어선 반면, 김이수철은 노한 표정을 감추지 않았다.

“신 박사님, 서울병원 원장의 자리에서 물러나고 싶습니까? 시민들의 힘을 무시하지 마십시오. 위원회를 선출한 것도 시민입니다. 이번 일로 이현도 위원장이 퇴출당하면, 원장님도 무사하지 못할 겁니다.”

신철호 박사가 기가 막히다는 듯 너털웃음을 터뜨렸다.

“허허! 아직 모르시나 본데…….”

자신도 이번에 원장직을 사임하고 떠날 거라는 말을 하려던 신철호 박사는 입을 다물었다. 천방지축 날뛰는 사람에게 친절하게 설명해 주고 싶지 않아서다.

"쯧쯧! 관둡시다."

잠시 혀를 차던 신철호 원장은 두 사람을 남겨 두고 원장실에서 나가 버렸다.

김이수철이 황당하다는 얼굴로 중얼거렸다.

"뭐 저런 사람이 다 있지? 상식이 없네! 상식이……."

"원래 저런 분이 아니었는데…… 사돈어른이 이해하십시오."

허명원 박사의 위로에 김이수철이 짜증 섞인 어조로 말했다.

"아무튼 이번에 저 원장도 같이 엮어서 퇴출시켜야겠습니다. 사상과 인격에 문제가 많아 보이네요. 사돈께서 이참에 원장이 되는 건 어떻겠습니까?"

"기회가 주어진다면 사양하지 않겠습니다."

"알겠습니다. 제가 시민단체에 힘을 좀 쓰겠습니다. 여기까지 온 김에 백기영 박사나 만나보고 가겠습니다. 그분의 지원이 좀 필요할 것 같아서요."

"알겠습니다. 제가 안내해 드리죠."

허명원 박사가 따라오라는 듯 앞장섰다.

분을 가라앉힌 김이수철이 그 뒤를 따라갔다.

*　　*　　*

“대장님, 시민들이 본부 건물로 몰려오고 있습니다.”

강남의 경비대 부대장 이영환이 곤혹스러운 얼굴로 보고했다.

그러나 정작 경비 대장 박세기는 심각한 표정이 아니었다.

“미리 신고 되었던 집회니까 너무 신경 쓰지 마라. 그건 그렇고 오늘 기온이 어떻게 되지?”

“영하 40도입니다.”

“그래? 조금씩이지만 꾸준히 올라가고 있군. 한 달 사이에 기온이 5도나 상승했으면……, 이거 이러다가 겨울이 끝나는 건 아닌가 몰라?”

“하지만 대장님, 지금은 온도보다 시민들을 더 신경 써야 할 것 같은데요?”

“또 김이수철이 선동하고 있는 거지?”

“그렇습니다. 그런데 이번에는 지난번보다 더 과격하고 조직적입니다. 곧바로 시민 불복종 선언을 하고 몰려오고 있습니다.”

“와서 뭘 어쩌겠다고?”

“그건 저도…….”

이영환 부대장이 말을 흐렸다.

김이수철이 이끄는 시민들이 위원회와 경비대가 사용하고 있는 센터—위원회와 경비대는 백화점을 그렇게 부르고 있었다—에 와서 뭘 할까?

경비대는 군대와 같은 조직이라 시민들이 왈가왈부할 대상이 못 된다.

남은 건 위원회인데, 센터에는 위원들이 상주하지 않은 지 오래됐다. 센터는 일이 있을 때나 나와서 회의를 하는 장소였다.

"와서 구경이나 실컷 하고 가라고 해. 식품 저장 창고와 경비대 사무실의 경비나 강화시키고, 나머지는 신경 쓰지마. 우리가 상관할 일이 못되니까."

"알겠습니다. 그런데…… 시민들이 식품 창고를 습격하면 어떻게 합니까?"

"창고를? 그 사람들이 왜?"

"군중심리라는 게 있지 않습니까? 흥분해서 몰려다니다 보면 불상사가 일어날 수도 있지 않을까 해서요."

"흐음!"

박세기의 얼굴에 처음으로 곤란한 빛이 어렸다.

확실히 부대장의 말에도 일리가 있었다.

국가에서 평화로운 집회의 행렬도 감시하고 단속하는 것은 그런 이유에서였다. 집단이란 어디로 튈지 모르는 럭비공과 같다.

군중심리에 한번 휩쓸리면 통제 불능. 애완견을 끌고 나온 평화로운 시위도 한순간 폭동으로 변질될 수 있다.

"자네 생각은?"

"예? 무엇에 대한 생각 말씀이십니까?"

"시민들이 폭도로 변해서 식량 창고를 급습한다면 어떻게 했으면 좋겠나?"

"발포(發砲)의 여부를 묻는 것입니까?"

이영환 부대장의 목울대로 마른침이 꿀꺽 넘어갔다.

강남의 시민을 대상으로 발포라니? 그런 것은 상상해 본 적도 없다.

"자네가 먼저 말하지 않았나? 그런 불상사가 일어나면 어떻게 할 텐가?"

"저는, 저는…… 솔직히 모르겠습니다."

"나도 그렇다."

…….

두 사람은 잠시 아무런 말도 하지 않았다.

훈련받은 대로라면 발포를 함이 마땅하다. 그러나 발포를 하는 순간 경비대는 돌아올 수 없는 강을 건너게 된다. 시민 사회와 다시는 평화롭게 공존하지 못할 것이다. 그건 총과 칼로 사회를 통제하던 아득히 먼 과거의 폭력 시대로 돌아가게 됨을 의미한다.

시민에 대한 경비대의 발포는 그 첫 단추가 될 것이 분명했다.

끝까지 아무 말도 하지 않을 것 같던 박세기가 혼잣말처럼 중얼거렸다.

"만약 창고가 털린다면 재건 정부는 해체될 거야. 그럼 위원회는 물론 경비대도 존재 의미가 없게 돼. 강남도 다른 지역처럼 각자도생(各自圖生)의 길을 택할 수밖에 없어. 그러니까……."

생각을 정리한 박세기가 담담하게 말했다.

"시민들이 폭도로 변해서 식품 창고를 습격하면, 부하들을 철수시키게."

"처, 철수요?"

뜻밖의 명령에 이영환 부대장의 눈이 휘둥그렇게 떠졌다.

어떻게든 막으라고 할 줄 알았는데, 오히려 철수하란다. 그건 그냥 내주라는 말과 같지 않은가!

"그렇다고 시민들에게 총을 쏠 수는 없지 않나?"

"예, 그렇지만……."

"그들의 운명을 그들이 결정하게 두자고. 무엇을 선택하건 자업자득(自業自得)이야."

"그래도……."

여전히 이영환 부대장은 납득하기 어려운 눈치다.

"자네, 창고에 남은 식량이 얼마나 되는지 알고 있나?"

"정확한 수치는 아직……."

"길어야 석 달이다."

"헉! 겨우…… 그 정도밖에 안 됩니까?"

"그래, 자네의 말대로 겨.우. 그 정도다. 겨.우. 그 정도를 위해 시민에게 총질을 할 수는 없지 않나? 부하들에게 그 자리에서 죽으라고 할 수도 없고. 그러니 민주주의의 끝이 어떻게 될지 지켜보자고. 자기들 손으로 이 사회를 존속시킬지, 파괴할지를 결정하게 두자 이 말일세."

"무서운 말씀이십니다."

그러나 이영환 부대장은 그게 가장 합리적인 결정이라고 생각했다.

경비대가 시민을—정확히는 어리석은 시민이다— 쏜다는 건 말이 안 되고, 그렇다고 자리를 지키다가 죽을 수도 없다.

"그래, 무섭지. 자네 의견은?"

"동의합니다. 대장님의 지시대로 하겠습니다. 단결!"

이영환 부대장이 경례를 올린 후 밖으로 뛰어나갔다.

"하아!"

박세기의 입에서 한숨이 길게 흘러 나왔다.

길지 않은 재건 정부의 역사가 시민들의 손에 달려 있었다.

김이수철은 이런 상황을 알고 일을 저지르고 있는 것일까?

아마 아닐 것이다.

알았다면 "시민 불복종"이니 뭐니 하는 거창하고 자극적인 구호를 앞세우지도 않았을 것이다. 김이수철의 머리는 여전히 전쟁 전의, 평화와 번영으로 찬란하던 옛 세계에 머물러 있었다.

'그러니 여당이니 야당이니 지껄이는 거겠지.'

박세기가 머리를 설레설레 저었다.

그런 유아기적 사고를 가지고 살아가는 사람이 시민운동가라고 나서는 것도 우습고, 그런 사람의 말에 휘둘리는 시민들도 한심했다.

'이참에 경비대를 해체하고 명석이나 따라갈까?'

오만 가지 잡생각이 다 든다.

갑작스러운 스트레스 때문일까? 가벼운 두통이 밀려왔다.

박세기는 두 손으로 머리를 꾹꾹 눌렀다.

그때다.

이영환 부대장이 헐레벌떡 뛰어 들어왔다.

"대장님! 시민대표들이 대장님과 위원회를 찾고 있습니다."

"아! 나는 또 왜?"

박세기가 화를 버럭 내며 자리에서 일어났다.

지지든 볶든 자기들끼리 알아서 할 일이지, 왜 자신까지 찾는단 말인가?

이영환 부대장이 모르겠다는 듯 어깨를 으쓱해 보였다.

"아! 나! 김이수철이! 그 개새끼는 마음대로 하라고 내버려둬도 지랄일세! 애새끼도 아니고, 혼자서는 아무 일도 못 하나!"

허공으로 욕을 퍼붓던 박세기가 뚜벅뚜벅 걸어 나갔다.

이영환 부대장이 그 뒤를 쭈뼛쭈뼛 따라갔다.

제3화

마지막이 시작이다

"그런 이유로 우리는 위원회의 반민족적인 행위를 규탄합니다. 또한 우리는 안상혁 씨의 불분명한 공적은 인정할 수 없습니다. 오히려 확실한 혁명군 전력에 대한 처벌을 요구하는 바입니다."

"옳소!"

"소문은 소문일 뿐! 혁명군을 몰아내자!"

자리에 함께한 십여 명의 시민 대표들이 함성을 내질렀다.

김이수철이 오연한 표정으로 위원회와 경비 대장을 바라보았다.

분노한 이현도 위원장이 붉으락푸르락한 얼굴로 물었다.

"그래서, 당신이 원하는 게 뭐요?"

"내가 원하는 게 아니라 우리 시민들이 원하는 겁니다."

"알겠소. 원하는 거나 말해 보시오."

이때까지만 해도 이현도 위원장은 김이수철이 전처럼 "우대권"이나 요구할 줄 알았다.

그러나 김이수철의 포부는 컸다.

자신을 지지하는 시민들이 천명이 넘는다. 강남 인구의 40%에 육박하는 숫자다. 고작 우대권이나 얻고 끝내기에는 지지자들이 너무 많지 않은가!

"우리를 지지하는 시민이 전체의 40%가 넘습니다. 위원회에 그만큼의 지분을 주셔야겠습니다. 지금의 위원회는 너무 불투명하게 운영이 되고 있어서, 신뢰할 수 없습니다."

"헐! 위원회에 네 자리를 달라는 소리요?"

"그렇습니다. 그리고 이번 일에 책임을 지고 위원장님께서 사임해 주셔야겠습니다."

이현도 위원장은 속으로 이를 갈았지만 일을 더 키우지 않기 위해 참아야 했다.

"그게 전부요?"

"더 있습니다. 안상혁 씨와 안도희 간호사는 물론 그 가족들까지 강남에서 추방해야 합니다. 강남에 혁명군의 가족이 발을 디디게 할 수 없습니다."

"또 있소?"

"서울병원의 원장도 이번 일에 관여됐다는 것을 알고 있습니다. 신철호 박사를 해임시키고 원장을 새로 선임(選任)해야 합니다."

"요구 사항이 더 있소? 하나씩 말하지 말고 한꺼번에 해주시오."

"더는 없습니다."

이현도 위원장이 확인하듯 되물었다.

"위원회의 지분 40%와 위원장의 사직, 안상혁 씨와 그 가족의 추방, 그리고 서울병원 원장 신철호 박사의 해임. 맞소?"

"그렇습니다."

이현도 위원장이 위원회와 박세기 대장을 향해 돌아섰다.

"다들 들으셨지요? 여러분의 의견을 듣고 싶군요. 아, 그전에 몇 가지는 이미 해결된 상태임을 알려 드리겠습니다. 조금 전에 안상혁 씨와 최명석 씨를 포함한 가족들이 전부 강남을 떠나겠다고 알려 왔습니다. 내일 출발하겠다고 하더군요. 서울병원의 신철호 박사 내외도 그들과 함께 가기로 했답니다."

"아!"

"결국……."

위원들의 입에서 탄식이 흘러 나왔다.

"위원회에서 저를 포함한 네 분이 사임하시면 저들이 원하는 조건은 다 충족이 될 것 같습니다. 어떻게 하시겠습니까?"

위원 중 하나가 조심스럽게 물었다.

"위원장님께서는 어떻게 하실 생각이십니까?"

"저요? 저는 이참에 다 내려놓고 자연인으로 돌아갈 생각입니다. 어쩌면 내일 신 박사를 따라갈지도 모르겠습니다. 아직 가족들의 의견을 듣지 못해서…… 어떻게 될지는 모르겠지만 말입니다."

그러자 위원들이 너도 나도 그만 두겠다고 의사표시를 했다.

모두 여섯이 그만 두겠다고 했다.

이현도 위원장은 그들 중에 네 명만 추려 냈다.

뚱한 얼굴로 앉아 있던 박세기가 이현도 위원장에게 물었다.

"그런데 저는 왜 오라고 한 걸까요? 저도 그만 두라면 고맙게 받아들일 텐데."

"허허, 저 도깨비 같은 남자의 속을 나라고 어떻게 알겠습니까? 궁금하면 직접 물어보시지요?"

이현도 위원장의 말에 박세기가 소리쳤다.

"김이수철 씨! 그런데 나는 왜 부른 거요?"

다소 무례한 박세기 대장의 태도에 김이수철이 인상을 찌푸렸다.

이야기가 잘 끝날 것 같아서 그냥 넘어가 주려고 했더니 주제를 모르고 덤벼든다.

"아, 깜빡 잊고 있었는데 잘 말씀해 주셨습니다."

김이수철이 잠시 말을 멈추고 주변을 둘러보았다.

예상대로 사람들의 시선이 모아지자 헛기침과 함께 말을 이었다.

"험, 험, 경비대에서 안상혁 씨의 과거사를 몰랐다는 것은 말이 안 됩니다. 알고도 그랬다면 역시 반민족적인 행위에 동참한 것이고, 몰랐다면 직무유기에 해당되지요."

"그래서요?"

"경비 대장님께서 이번 일에 대한 정중한 사과와 재발 방지를 약속해 주셔야겠습니다."

"싫다면요?"

"예? 지금 뭐라고 하셨습니까?"

김이수철이 당황한 얼굴로 되물었다.

"싫다면 어떻게 하겠냐고요."

"……."

김이수철은 할 말을 찾지 못해 머뭇거렸다.

설마 상대가 저런 식으로 반응할 줄은 몰랐다.

박세기 대장이 분명한 어조로 다시 말했다.

"그러니까, 나는 당신의 그 말을 거부한다고요. 사과도, 재발 방지도, 약속하지 않을 겁니다. 이제 어떻게 하시겠습니까? 김이수철 씨.”

“경비대는 시민의 공복(公僕)이라는 자세로 임해야 합니다. 어떻게 그런…….”

“아, 그러니까, 내가 말하지 않습니까? 나는 당신들의 의견에 동의하지 않는다고! 사과도 재발 방지도 약속 못 해! 그럼 어떻게 할 거냐고!”

…….

난폭한 박세기 대장의 태도에 시민 대표들조차 숨을 죽였다.

박세기 대장은 군(軍)의 수장이나 다름없다. 그런 그가 저렇게 막 나오니 위축된 것이다. 이러니저러니 해도 법보다는 총칼이 앞서는 시대가 아니던가!

김이수철은 기 싸움에서 지지 않으려고 이를 악물었다.

“여러분! 보셨지요? 경비 대장의 반민주적이고 강압적인 저 태도는 우리 사회에서 용납할 수 없는 것입니다. 저는 이 자리에서 경비 대장의 해임을 요구하는 바입니다.”

시민 대표는 박세기의 눈치를 살필 뿐 가타부타 말하지 않았다.

위원회도 곤혹스럽기는 마찬가지다.

박세기 대장이 자신들의 편이기는 하지만, 지금은 너무 막 나갔다는 생각이 든다.

이현도 위원장이 억지로 웃으며 물었다.

"경비 대장님, 어쩌자고 그러셨습니까?"

"어쩌긴요. 이참에 저도 좀 해임시켜 주십쇼. 저런 인간들이 설쳐대는 세상을 위해 밤낮없이 수고하고 싶지는 않습니다."

"헐! 경비 대장님도 떠날 생각을 굳히신 겁니까?"

"제 지인들이 다 그쪽으로 넘어갔습니다. 저만 여기 남아서 더러운 꼴 보고 싶지 않습니다. 위원장님, 마지막으로 저를 위해서 좋은 일 좀 해 주십시오."

"까짓것 그렇게 하십시다."

결국 김이수철의 고발로 드러난 반민족적인 일에 대한 책임을 지고 이현도 위원장, 신철호 원장, 그리고 박세기 경비 대장이 물러났다. 그 일로 위원들 중 네 명이 추가로 사임했고, 안상혁 가족의 추방이 결정됐다.

그 자리에서 김이수철을 포함한 네 명의 시민 대표가 위원회에 들어갔다. 연이어 열린 위원회 긴급회의에서 김이수철이 위원장에 선출되었다.

위원장이 된 김이수철은 경비 대장을 자기 사람으로 임명했다.

자칫 유혈 폭력시위로 치달을 수 있었던 "시민 불복종 운동"은 그렇게 재건 정부의 고위 인사들을 대폭 물갈이하는 것으로 끝났다.

김이수철과 시민대표들은 밤늦게까지 자신들의 손으로 이룩한 '시민 승리' 를 자축했다.

그러나 축제의 기분은 오래가지 못 했다.

이튿날, 자그마치 30명이나 되는 경비대원이 박세기를 따라 사임한 것이다. 그들 대부분은 과거 특임조(特任組)로 활동하던 정예 요원들이었다.

*　　*　　*

"저어, 대장님, 우리가 너무 많은 거 아닙니까?"

이영환이 걱정스러운 얼굴로 박세기에게 물었다.

안상혁과 최명석 일가, 신철호 부부, 이현도 가족만 해도 대가족인데, 갑자기 경비대 30명과 그들의 가족 70여명이 추가됐다.

새로운 정착지가 이 많은 사람들을 수용할 수 있을까?

박세기가 곁에 있던 최명석의 팔을 툭 쳤다.

"명석아, 괜찮겠냐고 묻는다. 나는 그쪽 사정을 몰라서 뭐라고 해 줄 말이 없는데. 어때? 이렇게 우르르 가도 되는 거냐?"

"형님, 지금의 열 배가 가도 상관없습니다. 문제는 숙소인데, 그건 뭐 불편해도 감수해야죠."

"오! 식량 사정은 문제없고?"

"홋! 식량요? 거기서는 야식(夜食)도 먹었어요. 야식이라고 들어 본 적이 있습니까? 상혁 형과 저는 그걸 먹다가 온 사람이라고요."

"야아! 나도 야식 한 번 먹어 봤으면 소원이 없겠다."

"그보다는 이렇게 많은 숫자가 빠져나와도 괜찮은 겁니까? 강도단도 그렇지만, 흡혈귀들이 언제 나타날지 모르는데…… 하기사 흡혈귀는 숫자로 해결될 문제는 아니지만."

"말도 마라. 김이수철은 입이 줄어들게 되었다고 좋아한다더라."

"그 사람은 좀 생각이 없어 보이더라고요."

흡혈귀에 대해 알려 줄 때도 한 귀로 듣고 흘리는 것 같았다.

"제 눈앞의 이익만 따지는 놈이지."

"그래도 그 사람 덕분에 돌아가는 길은 수월하네요."

"뭐가?"

"상혁 형이랑 둘이 다닐 때는 진짜 하루도 마음 편한 날이 없었거든요. 강도들이 어찌나 들끓던지. 기억 안 나요? 저 총 맞고 업혀서 들어 간 거?"

"아, 그랬지."

"지금은 중무장한 병력이 함께 있어서 그런지, 건드리는 놈들이 없잖아요. 나는 돌아가는 길도 나름 각오하고 있었는데."

"하긴, 너는 좀 그랬겠다. 그런데 특수 훈련까지 받은 녀석이 일반인에게 업혀서 오냐? 쯧쯧!"

박세기는 같은 국정원 출신의 최명석이 안상혁보다 약해 보이는 게 영 못마땅한 얼굴이다.

"일반인이라고요? 아직 형님이 우리 상혁 형의 진짜 얼굴을 못 봐서 그래요. 저 형이 비실비실해 보여도, 싸움만 났다 하면 완전 람보예요."

"……."

잠시 말없이 걷던 박세기가 안상혁을 힐끔 바라보았다.

다시 고개를 돌린 박세기는 어딘지 개운치 않은 표정이다.

그도 그럴 것이 박세기는 최명석과 달리 국정원 최고 요원에 교관까지 했었다. 국정원에서 그의 별명이 바로 람보, 혹은 터미네이터였다.

그런데 눈치 없는 최명석이 그의 앞에서 안상혁을 람보라고 치켜세운 것이다.

외관상으로는 누가 봐도 자신이 람보다.

그러나 모두 과거의 영화일 뿐.

당장 자신의 면전에서 안상혁을 람보라고 부르는 사람까지 나타났다.

"쯧!"

괜스레 혀를 차던 박세기가 갑자기 오른손을 들어 올렸다.

순간, 질서 정연하게 행군하던 30명의 경비대원이 우뚝 멈춰 서서 사주경계에 들어갔다.

최명석이 박세기의 곁으로 바싹 다가섰다.

"무슨 일입니까?"

"전방에 인기척이 느껴진다. 정찰 팀을 보내서 확인하고 가야겠다."

그제야 최명석은 전방을 살폈다.

좌우편에 반파된 15미터 높이의 빌딩이 서 있는 모습이, 기습당하기에 딱 좋은 장소다.

박세기는 숙련된 대원 셋을 먼저 보냈다.

그리고 일행 중에 낙오자가 없는지 눈으로 살피기 시작했다.

민간인들이 한쪽에 걷던 순서대로 모여 앉았다. 추위와 긴장으로 굳어진 모습이 안쓰러울 정도다.

'안상혁의 리더십과 카리스마가 장난 아니라고?'

의식하지 않으려고 했는데 시선은 어느새 안상혁을 좇고 있었다.

지금의 안상혁은 가족들 속에서 느긋한 모습이다. 그는 최명석과 진행 방향에 대해 논의할 때를 제외하고는 가족들 곁을 떠나지 않았다. 무리를 이끌고 있는 자신을 배려해 앞에 나서는 것을 피하는 느낌이다. 그것만 봐도 그가 얼마나 치밀하고 유능한 사람인지 알 것 같았다.

'마음에 들지 않아…….'

박세기가 복잡한 표정으로 시선을 돌렸다.

때마침 정찰을 보낸 대원 셋이 돌아왔다.

세 사람은 "건물 안에 불을 피운 흔적이 있지만 사람은 보이지 않았다"고 했다.

잠시 고민하던 박세기는 다시 전진할 것을 지시했다.

그리고 중얼거렸다.

"매복만 없으면 돼."

상대가 누군지 몰라도 무장한 자신들이 두려워 몸을 감춘 것 같았다.

"어차피 세상에 널린 게 피난민과 강도들이니까."

당장 앞을 막아서서 적대적인 행동만 하지 않으면 된다.

"그렇게 정리하고 넘어가는 편이 정신 건강에 좋겠지."

하지만 최명석은 그렇지 않은 모양이다.

"누가 불을 피웠던 걸까요?"

최명석이 물고 늘어지자 박세기가 시큰둥한 어조로 답했다.

"추운 사람이겠지."

"불씨가 남아 있었는데 사람이 보이지 않았다니 조금 신경 쓰이네요.”

“우리가 오는 걸 보고 겁먹고 달아난 걸 거다. 강남 외곽 지역을 순찰할 때 그런 일이 많았다. 경비대인지 강도단인지 알 수가 없으니까. 사람들이 무조건 달아나더라.”

“흔적 없이 사라진 것 같아서 그럽니다. 형님은 아직 흡혈귀 못 만나 봤죠?”

“너는 참 별걸 다 만나 본다. 그치?”

“형님, 중요한 건, 그것들은 인간보다 월등한 신체 능력을 가지고 있다는 겁니다. 그래서 요즘 저는 제 눈도 잘 안 믿습니다.”

“왜?”

“그것들이 눈보다 빠르니까요. 내 눈에 안 보인다고 없는 게 아니거든요.”

“흠! 시간 날 때 대공 사격망처럼, 흡혈귀 사격망 훈련이라도 시켜야겠군. 그럼 됐냐?”

“좋은 생각이네요. 난 그런 건 미처 생각지도 못했는데. 역시 세기 형님은 다르십니다.”

최명석이 엄지손가락을 세워 보였다.

“안상혁 씨는?”

“상혁 형이 왜요?”

“그 사람은 흡혈귀 대처법을 내놓지 않았냐고?”

"아! 그럴 틈도 없었어요. 정착지에 자리를 잡자마자 바로 나왔거든요. 가족들을 데리러."

"그래? 나중에 슬쩍 물어봐라. 어떤 아이디어가 있는지."

"예."

"그럼 지금 정착지의 방어는 누가 하고 있는 거냐? 설마 강 선생님이 혼자 맡고 있는 건 아니겠지?"

"에이, 너무 무시하지 마세요. 거기도 장년 남자가 열 명 정도는 있어요. 순번을 정해서 두 명씩 보초를 돌리고 있다고요. 물론 큰 기대는 하지 않고 있지만요."

"그 정도면…… 강도단의 습격에 초기 대응을 잘 못할 텐데……."

박세기는 걱정스럽다는 표정이다. 강남에서도 강도단에게 급습당해 여러 사람이 목숨을 잃었다. 그때마다 초기 대응에 실패해 피해가 컸다.

"부대가 산골짝에 있어서 강도단 걱정은 좀 덜해요. 강도단이 자주 출몰하는 그런 장소가 아니거든요. 길이나 잘못 들면 모를까? 맨 정신으로 거기까지 갈 강도단은 없을 거예요."

"부대가 그렇게 깊은 산속에 들어 앉아 있는 거였냐?"

"깊다기보다는 일단 주변에 마을이 거의 없어서 그래요. 강도들도 뭘 털어 먹을게 있어야 오락가락할 거 아닙니까? 거긴 경기도

인데 강원도 같은 느낌이라니까요.”

묵묵히 고개를 끄덕이던 박세기가 생각난 듯 물었다.

“그건 그렇고 정착지까지 대충 얼마나 남은 거냐?”

강남을 떠난 지 닷새가 지났다. 전체를 지휘하고 있는 박세기로서는 매번 확인하지 않을 수 없었다. 행군의 속도와 식료품의 적절한 배급을 위해서다.

“넉넉잡고 2, 3일?”

“아슬아슬하겠네. 식량이 딱 이틀 분 남았는데…….”

114명이 매 끼니마다 먹어 치우는 음식물의 양은 생각보다 많았다.

“빠듯하네요? 그래도 정착지에 도착하기만 하면 됩니다. 최악의 경우 한두 끼 굶어도 돼요. 가면 먹을 것 걱정 끝입니다.”

“음식도 문제지만, 눈이나 내리지 않았으면 좋겠다. 여기서 더 느려지거나, 길을 잃고 헤매게 되면…… 휴우!”

생각만 해도 끔찍하다는 듯 박세기가 한숨을 내쉬었다.

“잘 될 겁니다.”

최명석이 확신에 찬 얼굴로 말했다.

전쟁이 터진 뒤로는 안전과 여유가 보장된 상태에서 뭔가를 해 본 적이 없다. 위험을 삶의 일부로 받아들이지 않으면 견딜 수 없는 가혹한 환경이었다. 당연히 항상 죽음에 한쪽 발을 걸친 상태로 살았다. 그래도 죽지 않고 다음 단계로 넘어갈 수 있었다.

그러니 이번에도 무사히 정착지로 돌아갈 수 있을 것이다.

물론 희망사항이 그렇다는 거다.

* * *

이튿날 눈이 내렸다.

무려 보름 만에 내리는 눈이다.

그동안 밀린 분량을 한 번에 만회하려는 듯, 눈은 1미터 앞도 보이지 않게 쏟아졌다.

갑작스러운 눈보라로 더 이상의 이동이 불가능하다고 판단한 박세기는 적당한 곳을 찾아 쉬기로 했다.

그러나 한 치 앞도 안 보이는 상황에서 안전한 곳을 찾는다는 것은 쉽지 않았다.

걸음걸이는 느려졌고, 그만큼 사람들은 지쳐갔다.

무리에서 낙오될까 봐 앞사람과의 거리는 극단적으로 좁혀졌다.

대열은 마치 지렁이가 기어가듯 꿈틀거릴 뿐 좀처럼 앞으로 나가지 못했다.

선두의 박세기와 최명석은 한 시간쯤 전부터 입을 열지 않았다.

적당한 곳을 찾지 못하면 모두 죽을 수도 있다는 절박함에 말을 잊은 것이다.

“명석아!”

갑자기 박세기가 소리를 내질렀다.

최명석은 그 다급한 비명에 놀라 박세기 쪽으로 이동했다.

박세기의 손이 한쪽을 가리켰다.

손끝을 따라가자 10미터쯤 앞에 건물의 형상이 보인다.

“와아! 살았다!”

최명석의 입에서 탄성이 터져 나왔다.

정말 죽다가 살아난 심정이다.

일행 중에 아이들과 노인도 적지 않아서 꽤나 위험한 상황이었다.

박세기와 최명석은 재빨리 주변에 상황을 전파하고, 차근차근 사람들을 인도했다.

조립식으로 지어진 3층짜리 건물은 물류 창고였다.

정문이 어른 주먹만 한 자물쇠로 굳게 잠겨 있었지만 부수는 데 오래 걸리지 않았다. 그만큼 사람들은 필사적이었다.

사람들이 창고 안으로 우르르 빨려 들어갔다.

“신발 창고네요?”

최명석이 박스 하나를 개봉해 그 속에 담긴 신발을 흔들어 보였다.

"그러게, 이왕이면 곡물 창고였으면 더 좋았을 텐데."

"곡물 창고면 벌써 거덜 났겠죠. 신발도 좋아요. 이게 어딥니까?"

최명석은 박스를 뒤집어 탈탈 털었다. 그리고 자기 발에 맞는 것을 찾기 시작했다.

지켜보던 사람들도 하나둘씩 최명석을 따라 근처의 박스를 풀었다.

한동안 사람들은 추위도 잊고 발에 맞는 신발을 찾아다녔다.

그러나 그것도 잠깐이다.

30분쯤 지나자 사람들은 저마다 신발을 한두 켤레씩 손에 들고 바들바들 떨었다. 그렇다. 신발이 몇 개가 있어도 추위를 피할 수는 없다.

사람들이 떨기 시작하자 박세기는 창고의 중앙에 박스 포장지와 목재들을 모아다 불을 피웠다.

얼어 있던 사람들은 시간이 지나자 조금씩 생기를 되찾았다.

그와는 대조적으로 박세기의 표정은 어두워졌다.

최명석의 말대로라면 최소한 하룻길은 더 가야 한다. 그것도 정확한 건 아니다. 하루가 될지 이틀이 될지 아무도 모른다.

거기에 눈까지 퍼붓고 있으니, 이동속도는 물론 방향까지도 확신 할 수 없는 상황이 되고 만 것이다.

몸이 녹자 사람들은 박세기를 힐끔힐끔 바라보았다.

음식을 먹은 지 오래되어 배가 고픈 모양이다.

춤추는 듯한 불길을 멍하니 바라보고 있는 박세기에게 최명석이 다가갔다.

"형님, 먹을 건 좀 남았습니까?"

"……앞으로 한 번 먹을 정도?"

그것도 죽지 않을 정도로 조금만.

박세기는 그 말은 덧붙이지 않았다. 지금까지의 식사가 전부 그랬으니 새삼스러운 것도 아니다.

"역시 내일을 위해 남겨 둬야 하겠죠?"

"제길! 퇴직금을 너무 조금 받았나 봐."

뜬금없는 박세기의 투덜거림에 최명석이 웃었다.

"하하, 욕심 많은 김이수철이 그거라도 챙겨준 게 어딥니까? 경비대원들이 함께 가겠다고 나서지 않았다면 그 반도 못 받았을 겁니다."

"그랬겠지."

박세기의 시선이 자연스럽게 전우(戰友)들에게로 향했다.

최명석의 말마따나 저들이 동참하지 않았다면 5일 치의 식량도 얻지 못했을 것이다.

김이수철은 저들이 합류하기 전까지 고작 3일 치만 주겠다고 했었다. 그러나 무장병력 30명이 등장하자 서둘러 말을 바꿨다.

그러나 결과적으로는 비슷했다.

5일 치라고 했지만 실제로는 넉넉하게 준 3일 치의 양에 불과했다.

죽지 않을 만큼만 배식을 했는데도 이렇게 된 걸 보면 어이가 없을 뿐이다.

생각보다 114명이라는 숫자가 컸거나, 김이수철이 너무 조금 준 것이다. 박세기는 후자일 거라고 생각했다.

"마지막으로 아침을 먹고 출발하는 게 좋을 것 같다. 하루의 시작을 희망차게 시작해야지."

중얼거리던 박세기가 자리에서 벌떡 일어났다.

그리고 자신을 바라보고 있는 창고 안의 사람들을 향해 말했다.

"식량이…… 한 번 배식할 수 있는 분량 밖에 없습니다. 그건 내일 아침에 나누어 드리도록 하겠습니다. 내일도 하루 종일 움직여야 하니까요. 아침까지 쉬십시오. 이상입니다."

…….

교관 출신의 박세기는 기다리고 있던 사람들에게 돌직구를 날리고 다시 앉았다.

굶주림에 지친 사람들은 고개를 떨구었다.

고요한 창고 안에 배고픈 아이들의 칭얼거림만 간헐적으로 울려 퍼졌다.

최명석은 가족들의 곁으로 돌아갔다.

부친이 조심스럽게 물었다.

"얼마나 더 가야 하냐?"

"하루나 이틀 정도요. 거의 다 왔으니까 걱정하지 마세요."

"눈이 이렇게 쏟아지는데…… 괜찮겠냐?"

최인호의 질문 속에는 여러 가지 의미가 포함되어 있었다. 어른이라면 누구라도 지금의 상황이 어떤지 알 수 있으니 당연한 물음이다.

"아버지, 한국 땅 그렇게 넓지 않아요. 가다보면 다 만납니다."

"와아! 오빠 진짜 낙천적이다."

최연희가 질렸다는 듯 고개를 설레설레 저었다.

"이래도 한세상, 저래도 한세상인데 심각하게 살게 뭐 있냐? 근데 세기 형은 진짜 말 못하네. 상혁 형 같았으면 사람들이 배가 고파도 좋다고 펄펄 뛰게 만들었을 텐데."

"그렇게 말을 잘해?"

"잘하냐고? 나랑 유진형은 상혁형을 교주님이라고 부른다. 장난 아냐. 너도 그 형 연설 들으면 팬티 벗어 던질걸?"

"미쳤나 봐!"

최연희가 쏘아 붙였다.

가만히 듣고 있던 안지선도 혀를 차며 아들을 나무랐다.

"쯧쯧! 넌 오빠가 돼서 말 좀 가려서 해라. 동생한테 그게 무슨 소리냐?"

"아! 진짠데! 이거 정말 답답하네."

최명석이 가슴을 치며 억울해하자 보다 못한 최인호가 한마디 했다.

"인마, 그만해라. 여자들 기분 나빠하는 거 안보이냐? 내 아들이지만 진짜…… 아휴!"

최명석 가족의 다툼을 보고 있던 근처의 사람들이 피식 피식 웃기 시작했다.

무겁던 창고의 분위기가 조금 부드럽게 변해갔다.

"저쪽은 소풍 나온 분위기네?"

최명석 일가를 힐끔거리던 안도희가 부럽다는 듯 중얼거렸다.

"긍정 에너지가 넘치는 녀석이니까."

모처럼 안상혁의 얼굴에 미소가 떠올랐다.

최명석 덕분에 낙심하고 좌절해 있던 사람들이 웃고 있다. 박세기가 하지 못한 일을 최명석이 대신 해 주고 있는 것이다.

"오빠도 좀 저렇게 해봐. 세상 다 산 노인네 같이 웃고 있지만 말고."

"미안하지만 타고난 재능이 다르다."

안상혁의 진지한 답변에 안도희는 할 말이 없었다.

"오빠는 개그를 다큐로 만드는 재능이 있는 것 같아."

"내 삶이 다큐에 특화가 되어 있다고 생각해라."

"에이, 쯧쯧! 여자들은 위트 있는 남자를 좋아 하는데…… 어떡하냐?"

"짚신도 짝이 있다니까 걱정하지 마라."

안상혁은 문득 김지연을 떠올렸다.

기회가 되면 가족들에게 그녀를 소개해 주고 싶었다.

'여기서 살아 나간다면…….'

살아서 정착지에 돌아갈 수만 있다면 그렇게 할 것이다.

그것이 가족을 찾은 안상혁의 두 번째 목표였다.

* * *

이튿날 아침.

눈발은 약해 졌지만 여전히 그치지 않고 있었다.

가시거리는 대략 100미터 안팎.

전날에 비하면 놀랄 만큼 좋은 것이지만 여행자들에게는 여전히 악천후다.

쉬지 않고 흩날리는 눈은 지형지물의 기억에 의지해 방향을 정하던, 안상혁과 최명석을 장님으로 만들고 있었다.

워낙 위기 상황이라 두 사람은 머리를 맞대고 방향을 논했다.

그러나 장님 둘이 의논한다고 해서 잘 풀릴 리가 없다.

극도의 굶주림과 머뭇거림은 사람들의 이동을 더 더디게 만들었고, 그것은 다시 체력의 소모를 가져왔다.

정오 무렵, 노인 둘이 쓰러졌다.

박세기가 잠시 노인들의 처리를 두고 고민하고 있는 동안, 다시 아이들 셋이 쓰러졌다.

곧이어 도미노처럼 사람들이 무너져 갔다.

온통 눈으로 덮인 세상에서 박세기는 처음으로 "절망"이라는 걸 느껴야 했다.

박영찬 대장이 눈앞에서 살해당할 때는 분노의 감정이 컸다.

그러나 지금은 아무것도 해 줄 수 없는 무기력한 자신의 모습에 절망할 수밖에 없었다. 죽어가는 저들을 돕기는커녕, 자신의 몸도 뜻대로 가누기 어려울 지경이다. 체력이 좋은 자신도 추위와 굶주림으로 쓰러질 지경인데, 그보다 약한 사람들은 오죽할까?

박세기는 급히 쉴 곳을 찾았지만, 지독히도 운이 없었다.

눈이 닿는 곳마다 벌판 아니면 산이다.

하필이면 집 한 채 보이지 않는 곳에서 이런 일을 당하게 된 것이다.

이십여 명이 쓰러지자 박세기는 거의 이성을 잃었다.

더 이상 방향은 의미가 없다.

어차피 눈보라에 길을 잃은 지도 몇 시간 된 것 같았다.

이제는 죽음을 지연시키는 것이 최선이다.

박세기는 그런 생각으로 미친 듯이 눈과 추위를 피할 곳을 찾았다.

그러나 지금까지 보이지 않던 게 갑자기 생겨날 리는 없다.

'끝인가…….'

박세기는 넋이 나간 얼굴로 우두커니 섰다.

인솔자인 박세기가 멈춰 서자 한 사람 두 사람 걸음을 멈추었다.

사람들은 쓰러진 가족들의 이름을 부르며 울부짖었다.

그 모든 걸 우두커니 바라보며 박세기는 아무런 말도 하지 않았다. 아니, 할 수 없었다.

'전멸인가…… 모두 내 잘못이다…….'

박세기는 자책감과 후회로 미칠 것 같았다.

멍하니 서 있던 박세기가 천천히 장갑을 벗었다.

장갑을 벗은 손이 허리춤으로 이동했다.

얼어붙은 손가락 끝에 딱딱한 물체가 닿았다. 분신처럼 가지고 다니던 권총이다.

감각을 거의 상실한 박세기의 손이 권총을 느릿느릿 쓰다듬었다.

지쳤는지 사람들의 울부짖음도 수그러들었다.

지금의 상황이 낯설게 느껴졌다.

"박세기 씨."

총을 매만지던 박세기가 흠칫 놀라 돌아봤다.

언제 왔는지 안상혁이 곁에 서 있었다.

"……."

박세기는 빛을 잃은 눈으로 안상혁을 바라보았다.

안상혁이 사무적인 어조로 말했다.

"아직 우리는 마지막까지 오지 않았습니다."

"……아니라고요?"

다 죽어 가는데 마지막이 아니란다.

박세기는 사고(思考)가 정지된 얼굴로 안상혁을 응시했다.

"명석아!"

안상혁의 부름에 위태롭게 서 있던 최명석이 정신을 차렸다.

"지금부터 사람들을 한자리에 모아라."

"……여기서요?"

최명석이 이해 할 수 없다는 얼굴로 되물었다.

"그래, 이보다 더 좋은 자리도 없다."

"……예."

최명석은 이해 할 수 없었지만 안상혁의 지시를 따랐다.

안상혁의 눈을 보고 있으면 그렇게 해야 할 것 같은 느낌이 든다.

"박세기 씨도, 멍하니 서 있지 말고 가서 사람들을 모아 오십쇼."

"그럽시다."

박세기는 마지막 힘을 짜내서 뒤처진 사람들에게 걸어갔다.

안상혁은 쓰러진 사람들까지 모두 끌어모아 커다랗게 원을 그리게 했다.

그리고 남은 모든 짐을 모아 한가운데 쌓았다.

곧이어 사람들이 말릴 틈도 없이, 그 짐에 불을 붙였다.

"지, 지금 뭐하는 겁니까?"

경비대원 하나가 용기를 내서 항의했다.

안상혁이 당연하다는 얼굴로 답했다.

"아시겠지만 어차피 우리는 여기서 모두 죽습니다. 지금의 우리는 오도 가도 못해요. 그렇지 않습니까?"

"……."

"이것은 우리를 구조하기 위해 근처에 와 있을 사람들에게 보내는 마지막 신호입니다. 가방이 대부분 나일론 제품이니 검은 연기가 제대로 나올 겁니다. 어차피 죽을 거라면, 마지막까지 다 던져봐야죠. 그래야 후회가 남지 않습니다. 가방 끌어안고 있다가 여기서 얼어 죽는 것 보다는 나을 겁니다."

"아……."

그제야 경비대원이 주춤주춤 물러났다.

안상혁은 불씨를 더 키워나갔다.

그리고 사람들에게 소리쳤다.

"어차피 이 불은 우리에게 마지막 기회입니다. 몸을 녹일 수도 있고! 멀리까지 신호를 보낼 수도 있죠! 이 신호를 볼 사람이 주변에 없다면, 우리는 어차피 다 죽습니다. 그러니까, 마지막 희망을 즐기십시오. 우리는 조금 전에 모두 죽었던 사람들입니다. 지금의 이 불과 희망은 여러분 인생의 덤이라고 생각 하십시오. 사랑하는 사람에게 작별 인사를 해도 괜찮겠죠."

말을 마친 안상혁은 연기가 날 만한 것들을 불 위로 끌어 올렸다.

…….

사람들은 숙연해진 얼굴로 좌우를 살폈다.

그리고 가족끼리 혹은 연인끼리 마지막 인사를 나누었다.

몇 차례나 검은 연기가 하늘로 올라갔다.

사람들은 검은 연기가 피어오를 때마다 "여기요! 여기 있어요!"라며 소리를 질렀다.

불길이 점점 줄어들고, 연기마저 더 이상 피어오르지 않을 때쯤, 대부분의 사람들은 목이 쉬어 있었다.

제4화

천사와 트럭

최명석이 터덜터덜 안상혁의 곁으로 걸어갔다.

"형님, 수고하셨습니다. 덕분에 마지막을 화려하게 장식했네요."

얼마나 소리를 질러댔는지 목소리가 잔뜩 쉬어 있었다.

"알고 보면 나도 엣지(edge) 있는 남자거든."

"되지도 않는 농담은 하지 마시고요."

"내가……."

뭐라고 맞받아치려는 안상혁에게 이번에는 박세기가 다가와 손을 내밀었다.

"안상혁 씨, 감사합니다."

장갑을 벗은 것으로 보아 악수를 청하는 것이다.

"아닙니다. 지금까지 고생 많이 하셨습니다."

안상혁이 위로의 인사를 했다.

잠시 두 사람의 악수를 지켜보던 최명석이 고개를 들어 올렸다.

"눈이…… 안 내리네요?"

"지금 봤냐? 안 내린 지 좀 됐다."

박세기가 최명석의 어깨를 툭툭 쳐 보이고는 돌아서 갔다.

물끄러미 박세기의 뒷모습을 보던 안상혁이 중얼거렸다.

"나도 이만 가족들에게로 가봐야겠다."

"저도 갈 겁니다."

그렇게 안상혁과 최명석은 각자의 가족들에게로 흩어졌다.

희미하게 타오르던 불은 작은 불씨만 몇 개 남기고 마침내 꺼졌다.

언제부터인가 사람들은 가족끼리, 혹은 연인끼리, 어깨를 맞대고 앉았다.

불이 꺼지면서부터 사람들은 더 이상 말을 하지 않았다.

몇 명의 여자와 남자가 훌쩍거리는 소리가 설원(雪原)위를 유령처럼 떠다녔다.

문득 안영섭이 최백호를 바라보았다.

"최 서방, 괜히 우리를 따라 나와서 고생만 하다가…… 가게 생겼구먼. 미안하고, 고맙네."

"아닙니다. 남자가 어차피 한 번 죽지 두 번 죽나요. 저는 괜찮습니다. 아버님."

마지막이라고 생각한 최백호가 용기를 내서 '아버님' 이라고 불렀다.

안영섭이 빙그레 웃으며 고개를 끄덕였다.

"그래, 누가 뭐래도 자네는 내 아들 같은 사위일세. 솔직히 나는 처음부터 자네가 맘에 들었다네."

"하하! 아버님, 감사합니다."

최백호가 은근슬쩍 안도희의 어깨를 감싸 안았다.

안도희는 그의 손을 떨쳐내지 않았다.

툴툴거리기만 하고 손 한 번 따뜻하게 잡아 준 적이 없는데 이 남자는 죽는 것도 괜찮다고 웃는다. 안도희는 처음으로 그에게 잘해 주고 싶다는 생각을 했다.

물론 살아나갈 수만 있다면 말이다.

가족들에게 돌아온 안상혁은 부친과 최백호의 사이에 쪼그리고 앉았다.

안영섭이 곁으로 파고든 아들의 손을 더듬어 잡았다. 그리고 다시는 놓지 않겠다는 듯 손에 힘을 가득 주었다.

맥없이 앉아 있던 안상혁이 기어들어가는 음성으로 말했다.

“죄송합니다. 이렇게 될 줄은 몰랐습니다. 정말 잘해 드리고 싶었는데…….”

“괜찮다. 이 이상 어떻게 더 잘한다고.”

“…….”

안상혁은 차마 가족들의 얼굴을 보지 못하고 고개를 떨구었다.

이렇게 되자고 강남을 떠나온 건 아니었는데, 왜 자신은 뭘 해도 항상 꼬이는지 모르겠다는 생각이 든다.

자신이 가족들을 찾아 나서지만 않았다면 여기서 최후를 맞이하게 되지도 않았을 텐데.

잘해 보려고 한 게 가족들을 사지로 몰아넣은 셈이 되고 말았다.

과거에도 그랬다.

잘해 보려고 한 일이 가족들을 절망의 구렁텅이에 몰아넣었다.

‘형님, 저에게 다시 한 번 기회를 주십쇼. 한 번만 더…….’

“엄마, 추워…….”

“추워…….”

아이들이 꺼져가는 소리로 칭얼거렸다.

안상혁은 귀를 막고 싶었다.

그러나 그러지 않았다.

부친이 손을 잡고 있는 탓도 있지만, 그들의 마지막 소리를 들어야 한다는 책임감 때문에다.

그래서 안상혁은 눈을 부릅뜨고 죽어가는 사람들을 살폈다. 귀로는 그들의 작은 소리도 놓치지 않으려고 애썼다. 고통스러워서 회피하고 싶었지만, 그렇게 하지 않았다. 그게 가능하지 않은 일이라는 걸 알지만, 그들의 죽음에 온전히 책임을 지고 싶었다.

그런데, 그런데 말이다.

핏발이 서도록 부릅뜬 안상혁의 눈에 이상한 광경이 보였다.

저건 뭘까?

멀리서 붉은 옷을 입은 여자가 달려오고 있었다.

처음에는 죽을 때가 돼서 환각을 보고 있는 거라고 생각했다.

그러나 달려오고 있는 여자의 뒤로 길게 이어진 시뻘건 불길이 보인다. 몇 번이고 눈을 깜빡였지만 저건 분명히 불길이다.

'누굴까? 저 낯익은 여자는?'

아니 그보다는 저 불이 더 수상하다.

다음 순간, 안상혁은 벼락을 맞은 것 같이 놀라 펄쩍 뛰어올랐다.

"살았다! 살았어요! 살았다고요!"

안상혁의 고함 소리가 고요하던 설원을 뒤흔들었다.

화르르륵!

시뻘건 불이 저 혼자 사람들의 뒤로 원을 그려나갔다.

설원 위에 빨간 선이 그어지는 순간 차가운 공기는 더 이상 안쪽으로 밀려오지 못했다.

불과 불이 만나 완전한 원이 그려졌다.

웅크리고 있던 사람들은 하나 둘씩 자리에서 일어났다.

갑자기 온몸을 죄여오던 한기(寒氣)가 사라지는가 싶더니, 봄바람이 불고, 곧 여름처럼 훈훈해졌다.

"더워!"

"엄마, 더워요!"

"이거 좀 풀어 주세요!"

아이들이 제일 먼저 모자를 벗고, 목도리를 풀어 헤쳤다.

잠시 후 활활 타오르는 불의 띠를 뚫고 한 남자가 안쪽으로 걸어 들어왔다.

등에 커다란 배낭을 짊어진 강유진이었다.

"형님!"

"유진 형!"

"강 선생님!"

안상혁과 최명석, 그리고 박세기가 강유진의 앞으로 달려갔다.

죽다가 살아난 안상혁과 최명석, 박세기는 체면도 잊고 강유진에게 몸으로 부딪쳐갔다.

곧이어 네 남자가 서로를 안고 한 덩어리가 되었다.

흥분이 가라앉자 최명석이 말했다.

"형님! 어떻게 알고 왔어요? 연기 본 거죠? 그쵸?"

"그래, 반대편 10킬로쯤 떨어진 곳에도 누가 불을 피워서…… 거기 먼저 확인하고 오느라고 지금 왔다. 설마…… 내가 늦은 건 아니겠지?"

"형님, 정말 귀신처럼 딱 맞게 왔어요. 아까 상혁 형이 사람들 가지고 있던 물건 다 태워서 연기 만들어 올린 거거든요. 지금 그 불도 다 꺼져서 얼어 죽기 직전이었어요."

"그랬구나. 다행이다. 그 연기 아니었으면 못 찾을 뻔했다. 여긴 정상적으로 오가는 길에서 많이 벗어난 곳이거든. 눈보라 때문에 옆으로 많이 샌 모양이다."

"역시 우리가 길을 잃은 거였구나. 어째 느낌이 싸~ 하더라니. 근데 여기서 얼마나 더 가야 해요?"

"음, 하루는 꼬박 가야 될 것 같은데?"

"헐, 하루……."

최명석이 놀라서 눈만 끔뻑거릴 때다.

가만히 듣고 있던 안상혁이 담담하게 말했다.

"형님, 우리는 오늘 아침에 식량이 다 떨어 졌습니다."

"그래? 그런데 숫자가 좀 많네? 난 이거 하나만 챙겨 왔는데……."

말과 함께 강유진이 배낭을 안상혁에게 내밀었다.

자잘한 걸 그에게 맡기던 습관에서 무심코 한 행동이다.

안상혁은 배낭을 받자마자 박세기에게 건넸다.

순간 박세기의 얼굴에 어색한 미소가 떠올랐다.

"……."

그런 박세기를 뒤로하고 안상혁이 설명하듯 말했다.

"박세기 씨가 정착지까지 인솔의 책임을 맡고 있거든요."

"아! 그랬구나. 식량은 많지 않아. 많아야 열 명쯤 될 거라고 생각했거든. 그런데 백 명이 넘네. 백 명이 먹기에 빠듯할 것 같은데……."

그러자 박세기가 가방을 가볍게 흔들어 본 후 말했다.

"아닙니다. 이 정도면 한 끼로 충분 합니다. 오늘 아침에 나눠준 게 이것보다 가벼웠으니까요."

"쯧쯧! 정말 고생들 하셨나 보네……."

혀를 차던 강유진이 최명석에게 물었다.

"냄비 같은 거 있냐?"

"금방 구해 오겠습니다."

최명석이 한 쪽으로 달려갔다.

불에 타지 않는 것들을 모아 놓은 곳이다.

숟가락과 젓가락, 그리고 각양각색의 그릇들이 눈 밭 위에 널려져 있었다. 모두 가방을 태우기 전에 꺼내 놓은 것들이다.

최명석은 가장 큰 냄비 하나를 들고 강유진에게 돌아갔다.

강유진이 냄비 안에 눈을 가득 담았다.

마실 만한 물을 만들기 위해서다.

물론 물의 정령인 '아이엔'을 이용하면 간단히 해결될 일이지만 강유진은 가급적 사람들 앞에서 마법의 사용을 자제하고 있었다.

냄비 안에 들어간 눈은 이내 물로 변했다.

강유진은 몇 차례 눈을 담아 찰랑찰랑 할 정도로 물을 채웠다.

그런 뒤 두 손으로 냄비를 쥐고 나직이 주문을 외웠다.

"……라그 비테라페이아."

물의 중심부에서 작은 파문(波紋)이 생겨났다.

안에서 밖으로, 생성된 작은 원이 끊임없이 밀고 나왔다. 파문이 일 때마다 수면 위로 파란색의 스파크가 튀었다.

그러나 그것도 잠깐, 물은 이내 잠잠히 가라앉았다.

잠시 냄새를 맡아 보던 강유진이 흡족한 미소와 함께 고개를 끄덕였다.

그러고는 냄비를 최명석에게 내밀었다.

"사람들에게 한 잔씩 돌려라. 원기를 회복시켜 줄 거다."

"아! 예! 그러니까 이게 바로 그 타우린과 카페인이 들어간 피로 회복제 같은 건가요? 향기가 좋네요."

최명석이 강아지처럼 코를 킁킁거렸다.

"인마, 어디서 그걸 타우린과 카페인 따위에 비교를 해. 그건 산삼보다 더 좋은 거라고."

"말이 그렇다는 거죠. 일단 저부터 한 잔 마셔 보겠습니다. 효능을 알아야 사람들에게 강추할 거 아닙니까?"

"그러든가."

강유진이 허락하자 최명석은 허리춤에 달고 다니던 알루미늄 컵을 끌렀다.

안상혁의 입에서 탄성이 흘러 나왔다.

"야아! 너 지금까지 컵을 가지고 다녔냐? 비장한 얼굴로 가족들과 작별 인사를 하던 녀석이?"

"형님, 이 컵은 부장품 같은 겁니다. 제가 가면 컵도 갑니다. 오케이?"

말과 함께 최명석이 한잔 들이켰다.

"캬하! 좋다. 진짜 좋다! 너무 좋다!"

빈말이 아니다.

최명석의 얼굴에 갑자기 화색이 돌았다.

감탄을 연발하던 최명석은 혼자만 마시기 미안하다는 듯 급히 안상혁과 박세기에게 한잔씩 따라 주었다.

두 사람은 사양하지 않았다.

잠시 후 최명석은 사람들에게로 발걸음을 옮겼다.

"아! 제가 조금 도와줘야 할 것 같습니다."

말과 함께 안상혁이 버려진 그릇들을 향해 달려갔다.

한편 박세기는 제대로 충격을 받은 얼굴이다.

안상혁과 최명석은 전에 이것과 비슷한 음료를 마신 적이 있다. 그러나 박세기는 처음이었다.

'이건 뭐냐!'

조금 전에 강유진이 이상한 행동을 할 때부터 심상치 않을 거라는 건 알았다.

냄비에서 파란 스파크가 일어난 것도 신기하지만, 내용물은 더했다. 이건 상상을 초월한 음료다.

부드럽게 목을 타고 내려가는 순간, 극심한 공복감이 사라졌다.

그뿐 아니다.

몸에서 열이 나는가 싶더니 동상에 걸려있던 손과 발이 혈색 좋게 변해갔다.

그리고 관절과 근육마다 힘이 넘쳤다.

마치 방전된 배터리를 완전히 충전한 것 같은 그런 느낌이다.

"강 선생님, 대체 뭔가요? 세상에 이런 물이 있다는 소문도 들어 본 적이 없습니다."

박세기가 아깝다는 듯 입술을 핥았다.

"그건 피로 회복에 좋은…… 일종의 이온 음료일 겁니다."

강유진이 자신 없는 소리로 답했다.

카론이 남긴 기억을 흉내 내서 만든 것일 뿐, 자신도 저 물의 실체는 모른다.

기억에는 두 종류의 물이 있었다.

환자를 치료하기 위한 것과 생명력을 회복시켜 주는 것. 저건 후자(後者)다.

10분쯤 지났을까?

안상혁과 최명석이 빈 냄비를 들고 돌아 왔다.

"형님, 30명 정도밖에 못 마셨습니다."

"그랬을 거다."

강유진은 냄비를 건네받아 같은 일을 반복했다.

박세기는 옆에서 강유진의 행동을 하나도 빠짐없이 지켜보았다.

손가락 끝의 미세한 움직임과 그의 말까지도 기억하려고 노력

했다.

그 속에 저 물의 비밀이 담겨 있다고 생각해서다.

강유진은 애써 감추지도 않았다.

보고 외운다고 따라 할 수 있는 게 아닌 까닭이다.

112명의 사람들이 물을 마시는데 걸린 시간은 30분 남짓이었다.

30분이 지나자 다 죽어 가던 사람들은 활기찬 모습으로 주변을 돌아다녔다.

아이들은 신기하다는 듯 원을 그리고 있는 불가로 몰려갔다.

여자들은 수저와 그릇이 버려진 곳에 모여들었다.

강남에서 가지고 나온 살림살이들을 되찾기 위해서다.

그러나 이미 이리저리 섞여서 본래 자신의 것을 찾기란 쉬운 일이 아니었다. 눈에 두드러진 몇 가지를 빼고는 비슷해 보여 더 그랬다.

고민하던 여자들은 그릇더미를 중심으로 모여앉아 주방도구를 재분배하기로 했다.

그러나 그 일은 좀처럼 진도가 나가지 않았다.

여자들은 마치 백화점에서 물건을 사듯 신중했다. 남은 평생을 쓸 물건이라는 생각에서다.

보다 못한 최명석이 쪼르르 달려가 한마디 던졌다.

"여러분, 정착지에 가시면 군대에서 쓰는 새 알루미늄 식판이 제공됩니다. 물론 새 수저도 많아요. 그렇게 고민하지 않으셔도 됩니다."

그제야 여자들은 대충 손이 가는 대로 나누어 가졌다.

버려진 수저와 그릇들이 새 주인에게 돌아가자, 다시 행군이 시작됐다.

* * *

한 끼의 식사와 물 한 잔의 힘은 컸다.

사람들은 마치 강남을 갓 출발했을 때처럼 원기왕성하게 길을 걸었다.

강유진은 어린이와 노약자를 위해 30분을 걷고 30분은 쉬게 했다.

그래도 걷는 속도는 강남을 나올 때와 비교할 수 없을 만큼 빨랐다.

체력이 회복된 것도 있지만, 눈길이 마치 롤러(roller)로 밀어낸 것처럼 걷기 편하게 다져져 있어서다.

강유진이 멈춰 섰다.

어느새 30분을 걸은 것이다.

114명의 사람들이 박세기를 중심으로 모여들었다.

사람들이 다 모이자 강유진은 백 팩에서 토치램프를 꺼내 불을 붙였다.

그리고 토치램프의 불로 눈 위를 지지며 사람들 주위를 한 바퀴 빙 돌았다.

화르르륵.

높이 1미터의 불벽이 생성 되어 한파를 막았다.

사람들은 익숙한 눈으로 그 모든 것을 지켜보았다.

30분마다 저러고 있으니 익숙해지지 않을 수가 없는 것이다.

묵묵히 강유진이 하는 일을 지켜보던 신철호 박사가 혀를 내둘렀다.

“허어! 어떻게 저럴 수 있지?”

신철호의 아내가 그것도 모르냐는 듯 핀잔을 줬다.

“못 들었어요? 저게 플라즈마 에너지를 이용한 토치램프라잖아요. 그러고 보면 임지연 박사가 나긴 난 사람이에요. 그러니 전쟁 전에도 미국에서 모셔 가려고 요란을 떨었지. 우리 은미도 참 똑똑했는데…….”

아내의 음성이 촉촉하게 젖어들었다.

"똑똑하니까 저런 남자를 좋다고 쫓아 다녔겠지. 그 애가 사람 보는 눈은 있었어."

문득 강유진을 따라다니던 딸의 모습이 떠올랐다.

"쯧쯧, 크리스마스부터 안 오길래 이제 정신 차렸나 했더니…… 다시 행사를 시작한 거냐?"

"칫! 남이야 다시 행사를 시작하건 말건요. 근데 아빠, 그 오빠 괜찮겠죠?"

"어허! 이놈 봐라. 오빠가 뭐야? 그 남자 나이가 34살이더라. 결혼까지 하고 이혼한 남자한테, 이제 스무 살밖에 안 된 게 무슨 오빠야?"

"아이고, 아빠가 세상을 모르시네. 요즘은 10살, 20살 차이가 나도, 개인적으로 친해지면 다 오빠인 거예요. 게다가 그 오빠 얼굴 좀 봐요. 이제 이십 대 초반으로 보이는데."

"어허! 개인적이라니? 너 그 남자와 그렇게 친해?"

"친한 게 어때서 그래요? 그 오빠 진짜 착해요. 아빠가 아직 몰라서 그렇지……."

"모르는 건 너야 이 녀석아. 그 남자 가슴에서 총알이 나왔어. 총상 환자는 경찰에 신고하게 되어 있어. 세이브대학병원에서 벌써 신고했다고 하더라."

"피해자가 무슨 죄가 있다고……."

딸이 입술을 삐죽 내밀었다.

"평범한 사람이 왜 시내에서 총을 맞아? 범죄와 관계된 남자일 수도 있어. 그러니까 너무 나대지 말아."

"아는 오빠가 테러를 당해서 병원에 데리고 간 게 왜 나대는 거예요? 모범 시민으로 상을 받아도 부족한데……."

"어휴, 원수."

자신의 만류에도 불구하고 딸은 언제나 강유진의 병상을 지켰다.

처음에는 호기심으로, 나중에는 동경과 애틋함으로 딸은 강유진을 살폈다.

"아빠 검사했어요?"

"뭘?"

"오빠요."

"그 사람이 네 오빠냐?"

"네."

"야…… 진짜 기가 막히고 코가 막힌다. 나랑 네 엄마가 언제 그런 아들을 낳았다고 오빠래?"

"흥! 낳아야지만 오빠예요? 결과가 어떻게 나왔어요?"

"그게…… 좀 이상하구나."

"안 좋아요?"

"좋고 안 좋고를 떠나서…… 이상해서 말이지."

"뭐가요?"

"일단 결론부터 말해주마. 뇌사는 아니다."

"와아! 거 봐요. 보통 오빠가 아니라니까요!"

딸은 언제부터 강유진이 특별한 사람이라는 것을 알았을까?

고작 스넥카의 사장이라는 이력에 거리를 두려는 자신과 달리 딸은 적극적이었다.

'플라즈마 에너지라고?'

신철호 박사는 아내의 말에 반박하지 않았다. 하지만 아무리 그 신비의 플라즈마 에너지라고 해도, 저럴 수는 없다.

역시나 딸의 눈은 옳았다.

강유진은 신비한 남자다. 남자인 자신이 봐도 빨려 들어갈 듯 신비한데, 스무 살의 딸에게는 어땠을까?

"하여튼 너 병문안 가거든 좀 잘 지켜봐봐. 그 남자 또 이상한 말 하는지."

"헤에~ 제가 그 오빠 만나는 거 찬성하는 거예요?"

"의식 없는 사람을 만나는 건 문제가 안 되지."

"그 오빠 깨어나면요?"

"그때는 당연히 안 된다. 이제 스무 살짜리 아가씨가 서른네 살 아저씨와 만나? 그건 원조 교제나 마찬가지야. 범죄라고."

"첫! 괜히 이상한 쪽으로 생각하셔. 누가 그 오빠랑 사귀기라도 한대요?"

"아니면 좋은 거고."

"피이! 갈래요."

기분 나쁜 듯 딸이 자리에서 벌떡 일어섰다.

"지금 병실에 갈 생각이면 휴대전화 잘 이용해라. 요즘은 녹음은 물론 동영상 녹화도 된다면서? 아침에 녹음기 찾는다고 난리치느라 몇 초 녹화도 못 했다. 쩝……."

"흥! 누구 좋으라고요."

씩씩거리던 딸이 사무실 문을 박차고 나갔다.

신철호 박사의 시선이 다시 강유진에게로 향했다.
딸의 죽음에 대한 소식을 듣고 그는 한동안 우울한 표정이었다.
신철호 박사는 그의 표정을 보고 조금 안도했다.

딸이 그의 마음에 아직 남아 있다는 사실을 알 수 있었다. 비록 그것이 남녀 간의 사랑 때문이 아니라 할지라도, 뿌듯했다.

"뭘 그렇게 흐뭇한 눈으로 봐요?"

"생각해 보니까, 딸의 오빠면…… 우리에게도 아들이 되는 거잖소?"

"응? 그건 좀 억지 같은데요."

"아니, 그냥 원칙적으로는 그렇게 생각할 수도 있다는 거지…… 저 사람에게는 아무리 나라고 해도 함부로 그런 말을 할 수가 없다고."

"그렇기는 하겠네요. 새 정착지의 주인이니……."

두 노부부는 도란도란 이야기를 나누었다.

신기하게도 죽은 딸이 마치 어디 멀리 떠나 있는 것처럼 느껴졌다.

죽은 게 아니다.

딸은 먼저 떠난 거다.

그리고 자신들도 머지않아 딸을 만나러 가게 될 것이다.

그렇게 생각하니 비로소 가슴속의 응어리가 조금 풀어지는 느낌이다.

강유진은 본의 아니게 귀가 밝다.

그래서 노부부의 이야기를 들으며 신은미가 자신을 얼마나 좋아 했는지, 그리고 어떻게 간호했는지, 모두 기억해 낼 수 있었다.

돌이켜 보면 신은미와 신철호 박사는 생명의 은인이기도 했다.

잠시 추억에 잠겨 있던 강유진은 신철호 박사 부부에게로 뚜벅뚜벅 걸어갔다.

그리고 다짜고짜 '은미를 생각해서 앞으로 아버님, 어머님으로 모시겠다' 고 선언했다.

멍한 얼굴로 그를 바라보던 신철호 박사 부부의 눈에서 눈물이 주르륵 쏟아졌다.

얼마 뒤 신철호 박사가 강유진의 손을 잡았다.

"고맙네."

"아들에게 고맙네가 뭡니까? 아버지."

"그래, 고맙다. 아들아."

그렇게 신철호 박사 내외에게는 예정에 없던 새 아들이 생겼다.

* * *

강유진과 합류한 뒤로 114명은 거의 힘든 줄을 몰랐다.

비록 한 끼 식사밖에 하지 못했지만, 물을 마신 뒤로 배고픔도 덜했다.

잘 닦인 눈길을 가족들과 걷다가, 따뜻한 불벽 안에서 쉬고, 그러다 보니 어느새 밤이 지나고 아침이 밝았다. 꼬박 하루가 지난 것이다.

날이 밝자 눈앞에 오갑산이 나타났다.

최명석과 안상혁은 감개무량한 얼굴로 오갑산을 바라보았다.

드디어 정착지에 돌아 온 것이다.

"오빠, 이 길에 대해서 뭐 아는 거 있어?"

바닥을 살피며 걷던 최연희가 곁에 있는 최명석의 옆구리를 쿡 찔렀다.

"길이 왜?"

"봐봐, 전에는 종아리까지 푹푹 들어갔는데. 이건 그냥 아스팔트를 걷는 느낌이잖아."

"얼었으니까 그렇지."

"장난해? 얼음 나라에서 일 년 가까이 살아온 나라고. 이런 현상은 들어본 적도 없어."

"그래서 뭐?"

최연희가 의미심장한 미소로 오빠를 쳐다보았다.

"사실은 정착지에서 닦아 놓은 길이지? 그렇지?"

"어?"

최명석은 당장 동생에게 할 말이 떠오르지 않아 망설였다.

보아하니 전처럼 강유진이 길을 다져 놓은 것 같은데, 그렇다고 하자니 설명할 길이 까마득하다.

그런 최명석의 심정과 무관하게 최연희의 말은 점입가경으로 치달았다.

"이 정도 규모의 공사면 분명히 트랙터를 사용한 거야. 기름이 없는데 어떻게 움직였을까? 아! 그렇구나! 플라즈마 발전기! 드디어 인류는 화석 연료에서 플라즈마 에너지로 도약한 건가? 임지연 박사님이라면 불가능한 것도 아니지. 아! 같은 여자지만 정말 반하겠다니까!"

최명석은 상상의 나래를 펴고 있는 동생을 말리고 싶지 않았다.

토치램프의 사용을 목격한 뒤로 사람들은 모든 걸 플라즈마 에너지의 덕분으로 여겼다.

최명석으로서는 번거롭게 변명할 일이 사라져 편했지만 한편으로 우습기도 했다.

'모든 게 다 플라즈마 에너지 덕분이라니…… 정착지에서 전기도 사용하고 있는 줄 알겠네.'

자신이 떠나올 때만 해도 강유진이 직접 만든 "마법의 불"과 "그 불에 달군 돌멩이"로 난방 문제를 해결했다.

그 뒤로 겨우 한 달 남짓.

설령 임지연 박사에게 잠재적인 기술력이 있다 해도, 인류가 도약하고 어쩌고 할 만한 시간이 아니었다.

"야아, 내 동생이지만 너무 만화책을 많이 본 거 같다."

참다못해 최명석이 한마디 던졌다.

잔뜩 기대했다가 원시시대의 생활상을 보고 실망할까 봐 미리 백신을 투입한 것이다.

"그럼 저건 뭔데?"

"저게 뭐? 응?"

최명석의 눈이 휘둥그렇게 떠졌다.

잘 다져진 눈길 위로 군용 트럭이 달려오고 있었다.

그건 부대 한구석에 쳐 박혀 잠들어 있던, K511 2.5톤 트럭이었다.

눈에 익은 군용 트럭이 위풍당당하게 다가오자 최명석은 그야말로 입을 쩍 벌리고 말았다.

예정에 없던 트럭의 등장에 당황하기는 강유진도 마찬가지다.

선두에 있던 강유진과 안상혁, 박세기가 눈만 끔뻑거리고 있을 때다.

트럭이 십여 미터 앞에 정차 했다.

곧이어 운전석의 문이 열리고, 박미나가 뛰어내렸다.

"오실 때가 된 것 같아서 마중 나와 봤어요!"

뒤이어 조수석에서 임지연이 내렸다.

"강 선생님, 추우니까 노약자들 먼저 태워 보내도록 하죠?"

어리둥절한 얼굴로 서 있던 강유진이 임지연 박사에게 다가갔다.

"그런데 이 트럭은 뭐죠?"

"플라즈마 전지로 구동하는 엔진이에요. 전지를 처음 장착해본 프로토타입(prototype)인데, 생각보다 잘 굴러 가네요. 바퀴는 전차의 캐터필러(caterpillar)를 달아서 설상용(雪上用)으로 개조했어요. 어떤 것 같아요? 쓸 만해 보이지 않아요?"

"아아! 당신은 정말…… 사랑합니다."

강유진이 대뜸 임지연을 끌어안았다.

체력이 고갈된 사람들을 생각하면 트럭을 개조해 마중 나온 임지연은 천사였다. 비록 정착지가 코앞이라고 해도 힘든 건 힘든 거다. 극한의 상황에서 누적된 피로는 결국 인간의 수명을 갈아먹는다. 그런 의미에서 임지연은 여러 사람의 수명을 늘려준 셈이다.

제5화

정착지 생활 규범

아직 힘이 남아있는 경비대원들과 성인 남자들을 제외한 거의 전부가 트럭에 올라탔다.

"먼저 갈게요. 돌아오려면 20분쯤 걸릴 거예요. 천천히 오고 계세요."

박미나의 작별 인사와 함께 트럭이 움직였다.

쿠르르르—

오랜만에 들어 보는 힘찬 엔진 소리가 설원을 흔들었다.

…….

남자들은 아직도 자신들이 보고 있는 게 믿어지지 않는 표정이다.

겨울이 시작된 이후로 차가 움직이는 것은 처음 봤을 테니 그럴 만도 하다.

넋을 잃고 바라보던 최명석이 강유진에게 슬그머니 다가갔다.

"형님, 플라즈마는 대체 무슨 말입니까? 저는 형님이 그냥 대충 둘러댄 소린 줄 알았는데."

"아, 그동안 우.리. 임 박사가 정령이 내는 힘을 연구했었는데…… 그게 우리식으로 해석하면 플라즈마 에너지라고 하더라고. 사실은 나도 몰라. 똑똑한 우.리. 임 박사가 그렇게 말했으니 그런가보다 하는 거지."

"헐! 진짜요?"

"그래, 그 뒤로 우.리. 임 박사가 발전기를 만들어서, 지금은 전기도 사용하고 있지."

"와아! 잘 알겠는데요. 형님 너무 우리, 우리, 하시는 거 아닙니까?"

"왜 부럽냐?"

"아니, 형님이 대놓고 그런 소리 하는 건 처음 듣는 거 같아서요."

"익숙해지면 괜찮을 거다."

"혹시, 형님…… 그동안 임 박사님과 진도가 좀 많이 나갔나요? 이럴 분이 아니신데, 이상하네."

"무슨 진도? 원래 사랑하던 사이인데."

"어! 이봐! 이봐! 말이 완전히 달라졌어! 상혁 형! 이리 와 봐요! 유진 형이 변했어요!"

최명석의 호들갑에 안상혁이 다가갔다.

"왜 호떡집에 불난 것처럼 난리냐?"

"그런 게 아니라, 유진 형이 드디어 임 박사님과 사고를 친 것 같아요."

"사고?"

안상혁이 강유진을 힐끔 바라보았다.

강유진은 빙글빙글 웃기만 할 뿐 자세한 이야기는 해주지 않았다.

그제야 상황 파악을 한 안상혁이 웃으며 인사를 건넸다.

"늦었지만 축하드립니다. 형님."

"축하는 뭘. 이 나이에."

"유진 형, 상혁 형 말은 그 나이니까 축하한다는 거예요. 완전 고목나무에 꽃이 폈네. 저도 축하 드려요. 오늘 저녁에 한턱 쏘셔야죠?"

"오늘은 신입 주민들로 바쁠 테니까 다음에 날 잡자."

"콜."

최명석이 강유진의 말과 거의 동시에 대답했다.

안상혁이 그런 최명석을 신기한 동물을 바라보듯 하자 박세기가 말했다.

"원래 생각하지도 않고 대답하기로 유명한 녀석입니다. 한때는 포커 판에서 든 버릇 같다고 내사까지 받았더랬죠."

"내사까지요?"

"국정원 직원이 도박에 중독되어 있으면 큰일이니까요."

"결과는요?"

"인터넷 포털 사이트에서 운영하는 포커 게임을 하더랍니다. 계급이 최상위인 도신이라던가. 내사과에서 한동안 저 녀석을 도신이라고 부른 적도 있습니다."

"실제로도 잘 하던가요?"

그 질문에 대한 대답은 강유진이 했다.

"실제로는 개판이야. 한 번도 따는 걸 못 봤으니까."

"그거 참……."

안상혁이 묘한 눈으로 최명석을 바라보았다.

미스터리의 표본을 보는 듯하다.

"너도 알다시피 애는 희노애락(喜怒哀樂)이 얼굴에 다 나오잖아. 기본적으로 포커페이스가 안 되는 애인데 딸 수가 있겠냐?"

"아하! 그랬겠네요."

안상혁은 강유진의 말을 완전히 이해했다.

근처에서 듣고 있던 경비대원들의 입에서도 '아!' 하는 탄성이 흘러 나왔다. 그들의 기억 속에도 최명석은 단순의 극치였던 것이다.

남자들이 걷는 듯 마는 듯 이야기꽃을 피우고 있을 때 트럭이 돌아 왔다.

이번에는 조수석에 있던 임지연 박사가 뒤쪽의 적재 칸으로 자리를 옮겼다.

그리고 누가 시킨 것도 아닌데 최명석이 조수석으로 올라갔다.

트럭이 출발하자 강유진이 말했다.

"다음부터는 여자들끼리만 움직이지는 마세요. 트럭이 고장 날 수도 있고, 강도들과 만날 수도 있으니까."

"네."

대답과 함께 임지연 박사가 강유진의 품으로 파고들었다.

바람을 막는다는 핑계로 강유진이 그녀의 어깨를 살며시 안았다.

"와우~"

"부럽습니다!"

적재 칸에 함께 타고 있던 경비대원들이 환호성을 내질렀다.

강유진은 마치 연예인이라도 된 양 태연하게 손을 흔들어 화답해 보였다.

적재 칸이 소란스러워지자 박미나가 뒤를 힐끔 돌아보고 중얼거렸다.

"두 분이 요즘은 딱 붙어서 안 떨어지시네."

"유진 형에게 좋은 일이 있었나 봐요?"

최명석이 정면을 응시하며 물었다.

"아! 임지연 박사님이 CP로 들어가서 사신 지 꽤 돼요."

"와우! 몰랐네요. 진짜 잘 됐다."

"명석 씨와 나에게도 희소식이 하나 있어요."

"에? 그게 뭔데요?"

"얼마 전에 창고를 개조해서 주택으로 만들었어요. 그걸 신혼들에게 분양해 주기로 했답니다. 그래 봤자 칸막이로 엉성하게 막은 것에 불과하지만, 그래도 어디예요? 잘하면 우리도 하나 생길 것 같아요."

"정말요? 흐흐, 잘됐다."

"뭘 그렇게 음흉하게 웃어요. 가족들 생각은 안하고?"

"아, 그러네. 어떻게……."

최명석이 미안하다는 듯 말을 얼버무렸다.

"명석 씨 남은 가족이 셋이죠?"

"네."

"집을 살펴봤는데, 불편하더라도 함께 살 수는 있을 것 같더라고요."

"……."

최명석은 아무 말도 하지 못했다.

"빈 땅도 많고, 개발 속도가 빠르니까…… 조만간 독립해 나갈 수 있을 거예요."

"그날이 빨리 왔으면 좋겠네요."

최명석과 박미나가 독립을 계획하는 동안 트럭은 어느새 부대 입구에 도착했다.

입구의 바리케이드가 한쪽으로 밀려났다.

트럭은 연병장 한쪽에 정차했다.

남자들이 우르르 내리자 박미나가 식당으로 안내했다.

남자들은 비닐하우스를 신기하다는 듯 연신 힐끔거렸다.

외관상 특별해 보이는 것은 비닐하우스밖에 없으니 당연한 일인지도 모른다.

그러나 식당의 문이 열리고 안으로 들어간 남자들은 놀라서 입을 다물지 못했다.

"와아! 따뜻하다!"

"냄새 죽입니다. 따뜻한 요리 냄새 진짜 오랜만이네요."

"설마, 여기 난방되는 거예요?"

벌써 와서 자리를 잡고 있던 가족들이 남자들을 향해 연신 손짓했다.

주위를 두리번거리던 남자들은 이내 가족들 속으로 섞여 들었다.

정착지에 들어서면서부터 최명석과 안상혁은 다시 강유진을 그림자처럼 따라다녔다.

두 사람은 오래전부터 강유진의 곁을 지키는 것을 자신들의 사명으로 여기고 있었다.

형제가 없는 강유진도 두 사람을 알뜰하게 챙겼다.

그런 세 사람을 두고 임지연은 '삼국지에 나오는 삼형제(유비, 관우, 장비) 놀이 라도 하냐?' 고 놀려대곤 했다.

식당에서도 두 남자는 강유진의 맞은편에 앉았다.

임지연이 아니었다면 분명히 그의 좌우에 앉았을 사람들이다.

식당에서 다시 만난 114명은 가족 단위로 모여 앉아 정착지에 대한 감상을 주제로 이야기를 나누었다.

무리 중에 혼자인 사람은 박세기다.

그는 적당한 자리를 잡고 식당을 찬찬히 둘러보았다.

주방에서 대여섯 명의 깔끔한 옷차림의 여자들이 음식을 만들고 있었다.

연기가 없는 걸 보니 장작을 사용하는 건 아닌 모양이다.

그러고 보니 나무 타는 냄새도 없다.

'응?'

식당 안이 지나치게 밝다. 다시 보니 형광등이 빛나고 있다.

이곳에는 전기가 있다!

강남에서도 볼 수 없었던 전기가 있는 것이다!

놀랄 일은 그것뿐이 아니다.

식당 양쪽 끝에 세워진 대형 온풍기가 가동되고 있었다.

식당 안이 훈훈했던 것은 온풍기의 힘이었다.

외부의 온도는 못 해도 영하 40도. 그런데 온풍기를 얼마나 돌렸는지 식당 안은 훈훈하다 못해 더울 지경이다.

온도에 민감한 아이들은 두툼한 외투를 모두 벗고 가벼운 옷차림을 하고 뛰어다녔다.

이건 전쟁 전의 풍경이다.

낙원이다.

박세기는 죽지 않고 살아남아 다행이라고 생각했다.

* * *

그날 저녁 식당에 정착지의 주민이 모두 모였다. 전부 165명이었다.

전투가 가능한 성인 남자는 45명. 그중 30명은 무려 특무대 출신의 병력이다. 당장 외부의 적이 쳐들어와도 그들만으로 대적할 수 있을 정도다.

적은 숫자로 보초를 돌리던 정착지의 남자들이 가장 좋아했다.

강유진이 지켜주는 것과 순찰을 돌고 보초를 서는 일은 별개의 일이었다. 그 일에 직접적인 도움이 될 남자들이 대거 유입되었으니 좋아할 만도 하다.

강유진은 박세기에게 정착지의 경비를 맡겼다.

박세기의 합류로 정착지에 자경단이 만들어진 셈이다.

곧이어 40명의 남자를 정식으로 자경단원에 임명했다.

나머지 5명의 성인 남자는 기술 제작부의 총책임자인 손재형에게 맡겼다.

뒤이어 여자 대표로 임지연, 김미연, 박미나를 소개했다.

어느 정도 마무리되자 강유진이 입을 열었다.

"끝으로 이곳 정착지의 총괄 책임자를 소개해 드리겠습니다."

사람들은 당연히 강유진일 것이라고 생각했다.

정착지를 만든 사람이 강유진과 임지연 박사라는 걸 모르는 사람은 없었다.

그러나 강유진의 입에서 뜻밖의 이름이 나왔다.

"안상혁 씨, 나와 주십시오. 이제부터 이 정착지는 안상혁 씨가 책임지고 이끌어 나갈 것입니다."

짝짝짝짝—

강유진이 그렇다고 하니 일단의 사람들은 일단 박수부터 쳤다.

첫 정착민인 50여명의 사람들이 그들이다.

그들은 강유진의 말이라면 무조건 받아들이는 버릇이 있는 터라, 복잡하게 생각하지도 않았다.

뒤늦게 합류한 114명은 다소 어리둥절한 표정들이다.

안상혁이 무표정한 얼굴로 나와 인사를 했다.

안상혁 역시 초기 정착민과 같은 마음인지라 강유진이 시키는 대로 따를 뿐이었다.

그러나 얼어 죽을 위기에서 안상혁의 카리스마를 경험한 114명은 이내 고개를 끄덕이며 수긍했다. 그에게는 충분한 자격과 능력이 있었다.

안상혁이 전면에 나서면서부터 강유진은 아예 앞으로 나가지도 않았다.

그는 임지연과 강하연을 양옆에 끼고 앉아 따뜻한 차를 홀짝 거리기만 했다.

총괄 책임자가 된 안상혁은 새로 합류한 114명을 위해 정착지의 생활 규범에 대해 짧게 설명했다.

"……그리고 이제 우리가 처한 현실을 알려 드리겠습니다. 아시는 분은 아시겠지만, 인류 최대의 적인 흡혈귀가 도처에서 준동하고 있습니다. 그들의 운동 능력은 인간보다 월등히 뛰어 납니다. 인간은 총칼을 가지고도 그들을 당해 낼 수가 없습니다. 그러므로 이제부터 첫째, 정착지 밖으로 나가지 마십시오. 둘째, 외부인을 보게 되면 무조건 피하십시오. 그리고 셋째, 자경단에 알려주십시오. 나가지 마라. 피하라. 알려라. 이 세 가지만 따라 주시면 되겠습니다. 이상입니다."

오싹한 경고에 사람들이 웅성거렸다.

한참 만에 한 남자가 조심스럽게 물었다.

"총칼로도 안 되면…… 흡혈귀가 오면 우린 어떻게 되는 겁니까?"

"염려하지 마십시오. 정착지는 안전합니다. 강유진 선생님께서 비전의 기술로 그들을 처리할 겁니다."

"그 기술이란 게 뭡니까?"

"비전은 비밀이라는 의미가 포함되어 있습니다. 다른 질문 없으면 이만 마치도록 하겠습니다."

"아니, 그래도 그렇지…… 좀 널리 알리면 안 되겠습니까?"

경비대의 가족으로 따라온 오십 대의 남자는 그 비전의 기술이라는 것을 마치 "십자가"나 "마늘"과 같이 누구라도 준비하면 흉내 낼 수 있는 것으로 오해하고 있었다.

"안됩니다."

안상혁은 단호하게 거절했다.

"그런 게 어딨습니까? 한 사람이라도 더 알아야 제대로 대처를 할 게 아닙니까?"

오십 대 남자의 음성이 커졌다.

당황한 그의 가족들이 만류했지만 흥분한 남자는 주장을 굽히지 않았다.

"성함이 어떻게 되십니까?"

"박수명이오."

"박수명 씨, 제가 정착지의 생활 규범에 대해 말씀드린 것으로 압니다. 기억이 나십니까?"

"그건 알지만……."

"서두에 '정착지에서는 지휘부의 지도에 따라야 한다' 라고 말씀 드렸습니다. 기억나십니까?"

"그래도 사람의 목숨이 걸린 일이 아니오?"

"생활 규범을 지키지 않는다면 정착지의 일원으로 받아들일 수 없습니다."

"끙!"

박수명의 입에서 앓는 신음 소리가 흘러 나왔다.

강남보다 더 살기 좋아 보이는 이곳에서 나간다는 것은 생각해 본적이 없다.

“처음이라 용서해 드리겠습니다. 이후로는, 누구라도, 생활 규범을 따르지 않는다면, 즉시 추방할 것입니다. 아시겠습니까?”

“알겠소…….”

박수명이 주저앉았다.

곁에 앉아 있던 그의 처가 박수명의 옆구리를 세게 꼬집었다.

“윽!”

“이 양반이 미쳤나? 어디서 나대? 당신이 여기서 쫓겨나면, 나와 애들이 당신을 따라 갈 것 같아? 아무도 안 간다고. 자기가 집안에서나 왕이었지 밖에서도 그런 줄 알아.”

며느리와 손자도 원망스러운 눈초리로 박수명을 바라보았다.

박수명은 한숨을 내쉬며 고개를 떨구었다.

박수명의 소소한 저항을 끝으로 더 이상 아무도 이의를 제기하지 않았다.

회의는 그것으로 끝이 났다.

초기의 정착민들이 114명을 공동 숙소로 안내했다.

사람들이 썰물처럼 빠져나간 식당에 네 사람(강유진, 안상혁, 최명석, 박세기)이 남았다.

강유진이 안상혁의 맞은편에 털썩 앉았다.

"귀찮은 일 맡아 줘서 고맙다."

"그럴 줄 알았습니다."

안상혁은 아무렇지도 않은 얼굴이다.

"솔직히 나보다는 네가 사람들을 잘 통솔하잖냐? 지금은 비상체제로 운영해야 돼서 네게 맡긴 거다."

"알고 있습니다."

최명석이 안상혁의 옆에 자리를 잡으며 물었다.

"그런데 형님들, 그 지휘부가 누구누구를 가리키는 거예요? 이름도 없고, 그냥 지휘부래."

강유진이 안상혁에게 물었다.

오늘 발표한 생활 규범은 전부터 그렇게 하기로 약속했던 부분이다. 그런데 지휘부란 말은 금시초문이다. 그때는 강유진을 중심에 두고 정착지 건설에 대한 계획만 세웠었다.

"그래, 상혁아 지휘부가 누구냐? 나도 궁금하더라."

"형님이 저를 총괄 대표로 내세울 때, 급조한 단어입니다. 여기 있는 사람들과 여자 대표들을 염두에 두고 만든 거죠. 형님이 사람들 앞에 나서는 걸 싫어하는 것 같아서요."

"잘했다. 진짜 굿 아이디어다."

강유진은 박수까지 치며 좋아했다.

자신에게 권한이 집중되는 것을 어지간히도 싫어하던 그인지라 당연한 반응이다.

가만히 듣고 있던 박세기가 궁금하다는 듯 물었다.

"여자 대표들이 누굽니까?"

"아, 형님, 임지연 박사님, 김미연 박사님, 그리고 박미나 씨예요. 여자들이 그분들을 대표로 내세워서 지금까지 왔거든요."

박세기는 알았다는 듯 고개를 끄덕였다. 그가 봐도 충분히 대표가 될 만한 사람들이었다.

불현듯이 생각난 듯 강유진이 말했다.

"참 상혁아. 내일부터 병원을 하나 만들어야겠다. 신철호 박사님이 합류했으니까, 의사만 두 명이다."

"예, 그렇지 않아도 봐둔 건물이 있습니다."

"어디?"

"CP 뒤쪽에 있던 행정반 건물이 어떨까 싶습니다. 부대의 중앙에 위치해 있어서 편리할 것 같아서요."

"아! 거기!"

"여자들 중에 간호사도 몇 있으니 병원은 금방 자리를 잡을 겁니다."

"상혁 형님 동생도 간호사랍니다."

최명석이 끼어들어 아는 체를 했다.

"잘됐네. 의료 집안이었구나. 그럼 상혁이는 정착지 관리를 주로 하다가 병원에 일손이 부족하면 지원해 주는 것으로 하자. 괜찮겠지?"

"그럴 생각이었습니다."

어느 정도 이야기가 정리되었을 때다.

안상혁이 궁금하다는 듯 물었다.

"그런데 형님, 그 플라즈마 발전기라는 건 어떻게 된 겁니까? 트럭도 움직이고, 전기도 사용하는 것 같던데……."

"아! 그거?"

강유진은 자신이 이해하고 있는 범위 내에서 간단하게 설명했다.

그의 설명이 끝나자 다들 놀란 얼굴이다.

강유진의 정령이 플라즈마 에너지를 방출한다는 말에 충격을 받은 것이다.

"그럼 그 발전기는 형님이 충전해 주셔야 하는 겁니까?"

"어, 내가 일주일에 한 번 충전해주면 나머지는 알아서 발전(發電)할 수 있다고 하더라고. 참! 너희들 강남에 가 있는 동안 숙소의 난방도 전기보일러로 다 바꿨다. 이제 건물의 콘센트에 코드를 꼽기만 하면 전기 제품은 다 사용할 수 있어. 전압은 전처럼 220볼트에 맞췄고."

"외우! 그럼 버려진 전기 제품 주워다가 쓰면 되겠네요? 트럭이 움직이니까 도시까지 나가서 싹쓸이 해 와야 되겠다! 만세! 문명으로의 복귀인가!"

최명석이 아이처럼 좋아했다.

"그리고 부대 주변에 전기 철조망이 있으니까, 다들 조심하시고…… 특히 명석이, 개구멍 같은 거 만들어 몰래 들락거릴까 봐 미리 말해 주는 거다."

"형님, 저 겁 많아서 혼자 안 돌아다닙니다."

"전기 철조망요?"

"정말 그게 가동되고 있습니까?"

안상혁과 박세기가 관심을 보였다.

"남아도는 게 전기인데, 경비인원은 부족하고 해서…… 본래 있던 걸 복구한 겁니다. 임 박사가 조만간 CCTV와 적외선 감지기도 달 예정이라고 하더군요."

"와아! 임 박사님은 완전 슈퍼우먼이야. 못 하는 게 없어."

최명석이 혀를 내둘렀다.

박세기는 별천지에 와있는 기분이었다.

전쟁 전에도 전기 철조망 시설을 한 부대가 많았다. 그러나 전기의 원활한 수급이 어려워 특정한 시간에만 통전(通電)하거나, 아예 전기와는 무관한 시설물로 방치되곤 했다.

그런데, 세상이 멸망한 지금 그 전기를 물 쓰듯 쓰고 있었다.

박세기는 날이 밝는 대로 정착지의 시설을 순찰해 봐야겠다는 생각을 했다.

*　*　*

경기도 한구석에서 문명의 도약이 일어나고 있었지만, 한반도는 그것과 반대로 끝없이 추락했다.

기나긴 겨울의 한파에 식물이 자취를 감추었다. 한파에 강한 나무만 근근이 살아 있을 뿐, 대부분의 식물은 추위를 견디지 못하고 동사(凍死)했다.

사람들은 전쟁의 포화(砲火) 속에서도 살아남았지만 자연의 힘 앞에서는 무기력했다.

생존한 인구의 최소 50%가 추위와 굶주림을 견디지 못하고 사라졌다. 결과적으로 전쟁 전 전체 인구의 30% 미만이 남게 된 셈이다. 그나마도 무서운 속도로 죽어가고 있어서, 10% 미만으로 떨어지는 것은 시간 문제였다.

설상가상(雪上加霜)으로 근근이 연명하고 있는 사람들에게 최악의 공포가 밀려들었다. 그것은 바다 건너에서 시작된 세계불멸협회, 즉 흡혈귀가 창궐하기 시작한 것이다.

다행히 한반도에서는 미국과 같은 좀비 폭발이 일어나지 않았다.

흡혈귀들이 스스로 조심한 것도 있지만, 이미 인구가 그 정도로 —폭발이라고 묘사할 정도의 수치— 남아 있지 못했다.

그 바람에 한반도에서는 흡혈귀들조차 생존하기 어려운 상황이 전개됐다.

능력이 있는 진혈의 흡혈귀들은 도시락을 십여 개씩 소유했지만, 순혈만 해도 두세 개에 불과했다. 일반 흡혈귀들은 아예 꿈도 꾸지 못했다.

'서울을 점령하라'는 회장의 명령이 떨어진 뒤로 흡혈귀들은 대대적으로 북상했다. 그럼에도 얻을 수 있는 도시락의 숫자는 극히 제한적이었다.

인간의 몰락과 함께 한반도에서 흡혈귀도 고난의 길을 걸어야 했다.

그뿐 아니다.

한 평범한 흡혈귀의 일탈로 시작된 '흡혈귀끼리의 사냥'이 유행처럼 번졌다. 인구의 감소로 위기를 느낀 흡혈귀들이 배신자 양동원을 흉내 내기 시작한 것이다. 동족의 피를 먹어도 죽지 않는다는 사실을 알게 된 흡혈귀들은, 겉으로는 배신자를 찾아 죽이겠다고 하면서 은밀하게 동족을 사냥했다.

이래저래 한반도에서는 피의 각축전이 벌어졌다.

추위를 피하기 위해, 음식을 구하기 위해, 흡혈을 하기 위해, 인간과 흡혈귀들은 서로를 죽였다.

아직 동이 트기 전의 새벽.

삼남 이녀가 눈 속에 묻혀 있는 거대 도시를 응시했다.

무리의 리더인 남자, 클라우드가 중얼거렸다.

“드디어 서울 입성이군.”

카스트로가 창백한 얼굴로 말했다.

“제길, 저곳에는 사람이 많았으면 좋겠어.”

“많을 거야. 진수성찬이 기다리고 있으니 기운 내자고.”

알렉스가 마음에 든다는 듯 웃었다.

“와우! 안산보다 훨씬 크잖아! 난 벌써부터 마음에 드는걸!”

“바보, 한국의 수도였으니 당연하잖아. 일본의 도쿄와 같은 곳이라고.”

클라우드가 가볍게 핀잔을 줬다.

“이봐, 클라우드, 너는 전에 서울에서 돈을 번 적이 있다고 했잖아? 나는 여기가 처음이라고. 나에게 서울은 아프리카의 촌 동네와 같아.”

“뭐? 서울이 아프리카의 촌동네라고? 오, 이런! 알렉스, 지금 저 도시를 눈으로 보고도 그런 소리를 하는 거야?”

"아니, 오해하지 마. 내가 알고 있을 리가 없다는 뜻으로 한 말이야."

두 사람의 말장난을 지루한 표정으로 보고 있던 소피아가 살짝 끼어들었다.

"클라우드, 당신이 서울에서 돈벌이를 했다는 건 몰랐는데?"

"아, 강남에서 영어를 가르친 적이 있어. 그때가 좋았지."

"뭐가 그렇게 좋았을까?"

"여자들이 나를 왕처럼 떠받들었다고. 내 전화기에 등록된 여자만 50명이 넘었어. 모두가 미녀였지. 난 그 여자들 중에 하나를 골라서 자야 했는데, 그것도 쉬운 일은 아니었어."

"뭘 가르쳤기에 그렇게 인기가 좋았어?"

"영어."

"단지 영어?"

"응, 한국에서는 영어만 잘해도 최고의 직장을 가질 수 있었어. 다들 영어에 미쳐 있었으니까."

"내가 지금까지 들은 이야기 중에 가장 놀라운 소리였어."

"그럼 지금부터 더 놀라운 소리를 해 줄 테니까, 다들 잘 들어."

클라우드의 말에 다들 가까이 모여 들었다.

그러나 이어지는 클라우드의 말은 사람들의 기대와 동떨어진, 그들에게 주어진 임무에 관한 것이었다.

"회장님이 지시한 일이 있어. 우리는 서울에서 반드시 그 일을 해야 해. 그건 도시락을 만드는 일보다 더 중요해."

"뭐라고? 지금 우리에게 도시락보다 더 중요한 일은 없어!"

오랜 굶주림에 지쳐 있던 카스트로가 반박했다.

"알아, 그럼 도시락과 같은 수준으로 생각하고 들어. 회장님은 우리가 한 남자의 가족들을 죽여 주길 바라."

"고작 한 남자의 가족을 죽이기 위해 우리가 여기까지 왔다고?"

"어이 카스, 아직 놀라운 일은 꺼내지도 않았어. 더 들어봐. 회장님은 우리에게 그 남자의 1킬로 안에 접근하지 말라고 했어."

"왜?"

"그 남자가 우리를 모두 죽여 버릴 거래."

"뭐? 지랄! 그럴 일은 없어! 우리는 관리자들이라고!"

굶주림으로 예민해져 있던 카스트로가 버럭 소리를 질렀다.

순혈 중에서도 최고의 능력자만 관리자가 될 수 있다. 그런 관리자를 죽일 수 있는 인간이 있을 리가 없지 않은가!

"거봐, 내가 놀랄 거라고 했잖아."

클라우드가 동료들을 보며 빙글빙글 웃었다.

소피아가 담담한 어조로 물었다.

"그 남자가 누군데?"

"나도 이름 밖에 몰라. 그냥 강유진이래."

"강유진? 그게 다야?"

"그래, 회장님은 그의 이름만 가르쳐 주었어. 강유진의 가족들을 죽여라. 하지만 그 남자의 1킬로미터 안에 접근하지 마라."

"오호! 그렇다면 제법 유명한 남자인가 보네. 이름만으로도 회장님은 우리가 그를 찾을 수 있다고 믿었다는 말이니까."

"아마 그럴 거야."

"좋아. 도시락을 만들면서 그 남자에 대한 정보를 모아보자. 아예 그의 가족들을 도시락으로 만드는 것도 괜찮을 것 같은데?"

"오! 소피아, 나는 너의 그 잔인함의 끝을 알고 싶어."

"잔인한 게 아니라 두 가지 일을 동시에 처리하고 싶어서 그런 거야. 실용주의라고 정정해줘."

"알았어. 원한다면 그렇게 해주지. 그런데 너는 언제까지 꼬마를 달고 다닐 생각이야? 그건 그다지 실용적이지 않아 보이는데?"

소피아가 어린아이, 제니에게 시선을 돌렸다.

"나도 놀라운 얘기를 해 줄게. 제니는 얼마 전까지 서울에서 살았데. 어때? 이래도 내가 제니를 괜히 데리고 다니는 것 같아?"

한순간 클라우드의 눈이 반짝였다.

생각보다 빨리 일을 마칠 수 있을 것 같다는 기대에서다.

"제니, 혹시 너는 강유진이라는 남자의 이름을 들어 본 적이 있니?"

"응."

"정말? 그가 서울에 살고 있어?"

"응."

"서울은 생각보다 넓은 곳인데, 구체적으로 어딘지 알고 있니?"

"강남."

"와우! 벌써 다 끝낸 것 같아. 소피아! 너는 정말 실용적인 여자야. 만약 우리의 생식기가 온전했다면, 나는 너를 가만히 두지 않았을 거야."

"후훗! 자궁 없는 여자에게 최고의 찬사네. 고마워. 기억해 둘게."

"고맙기는, 아쉬울 뿐이야."

황송하다는 듯 가볍게 목례를 한 클라우드가 이번에는 허리를 숙여 제니와 눈을 맞췄다.

"그런데 제니, 강유진의 가족에 대해서도 알아?"

"응."

"그들이 누구지?"

"부인과 딸."

"그들도 강남에 살고?"

"응."

"혹시 집도 알아?"

"아니, 딸이 다니는 학교를 알아."

알렉스가 복잡한 문제를 푼 학생처럼 개운한 얼굴로 말했다.

"잘 됐군. 학교에 가면 부모의 주소를 알 수 있을 거야."

"그래, 먼저 학교를 접수하자고. 먼저 딸을 도시락으로 만드는 거야. 그 다음에는 여자. 어때? 좋지? 배고프니까 어서 가자."

카스트로가 급하게 결론 내렸다.

그러나 클라우드는 서두르지 않았다.

"제니, 너의 생각은 어때? 그렇게 하면 잘될 것 같아?"

"응."

제니는 여전히 단답형으로 말했지만 언제부터인지 웃고 있었다.

"좋아, 제니가 잘될 것 같다니까 안심이 되는군. 학교로 가자!"

돌연 클라우드가 비조(飛鳥)처럼 회색빛 하늘로 날아올랐다.

네 개의 크고 작은 그림자가 소리 없이 그 뒤를 따랐다.

흡혈귀들이 떠난 자리로 진눈깨비가 내려앉았다.

*　　*　　*

강유진.

그 이름을 들었을 때, 제니는 심장이 거세게 뛰는 걸 느꼈다.

곧이어 소름이 돋을 정도의 살의(殺意)가 속에서 치밀어 올라왔다.

순간 항상 안개가 끼어 있던 머릿속에서 쾅! 하고 번개가 쳤다.

번쩍이는 빛 속에 몇 개의 장면이 떠올랐다.

그가 자신의 소중한 것을 부쉈다.

그의 딸 앞에서 울부짖는 자신의 모습이 보였다.

죽인다.

그의 딸과 그를 찢어 죽이고 싶어서 딱딱한 심장이 간지러울 지경이다.

소피아를 따라서 몇 개의 지붕을 넘었는지 모른다.

저 발아래에 있는 사람들은 무슨 일이 일어났는지 모를 거다.

그런데 총을 들고 서 있는 어른 남자들을 보는 순간, 심장이 저릿저릿해졌다.

미치도록 죽이고 싶어졌다.

강유진의 이름을 들었을 때보다 더 심장이 벌렁거렸다.

제니는 가슴을 쥐어뜯으며 학교 앞까지 달렸다.

학교를 보자 머리가 쪼개질 듯 아팠다.

"여기니?"

클라우드가 자상한 음성으로 물었다.

"응."

"나름 운치 있는 곳이군. 딱 좋아."

중얼거리던 클라우드가 건물 안으로 걸어 들어갔다.

제니가 나비처럼 팔랑거리는 걸음으로 그 뒤를 따랐다.

뒤처져 있던 알렉스가 카스트로에게 속삭였다.

"제니의 기분이 좋아 보이지?"

"악마라니까."

"……."

알렉스는 차마 입 밖으로 내뱉지 못했지만 카스트로의 의견에 동의 했다.

자신이 다니던 학교에 와서 저렇게 좋아 하다니?

곧 친구들이 잡아먹히는 광경을 보게 될 텐데……

만약 자신이라면 조금은 슬퍼했을 거다.

비록 그게 악어의 눈물(crocodile tears)이라 할지라도 말이다.

제6화

피의 제전(祭典) in Seoul

날이 밝았다.

멀리서 종소리가 울렸다.

사람들이 길거리로 몰려 나가는 모습이 보인다. 배식을 알리는 소리였던 모양이다.

그리고 두 시간쯤 지나자 교사들이 하나둘씩 학교로 나오기 시작했다.

클라우드는 제니가 손가락으로 찍어준 사십 대 남자를 따로 불러냈다.

쓰지 않아 폐쇄된 6층의 상사(商社) 사무실에서, 민지식이라는 이름의 남자는 소피아의 첫 도시락이 되었다.

"그러니까 강유진과 딸이…… 쫓겨서…… 강남을 떠났다? 그리고, 다시, 열흘 전에…… 그들을 따라서 백 명 정도가, 떠났고?"

클라우드가 제법 유창한 한국어로 물었다.

한국의 학원가에서 보낸 5년의 시간이 가져다 준 선물이다.

"예."

"그의 엑스 와이프(전처)는 지금도 강남에 살고?"

"그렇습니다."

클라우드가 카스트로에게 고개를 돌렸다.

"친구, 이번 일은 자네에게 맡길까 하는데, 어떤가?"

"나야 좋지."

카스트로가 히죽 웃어 보였다.

"자네가 많이 굶주린 걸 알기에 부탁하는 거야. 도시락으로 쓰지 말고, 죽여야 하니까. 자네라면 그녀의 피를 남김없이 먹어 줄 것 같아서."

"기대해도 좋아. 회장님이 만족할 정도로 처리해 주지."

클라우드가 민지식에게 손짓해 보였다.

"그를 그녀의 집까지 안내해 줘. 그리고 학교로 돌아오면 돼. 어때, 쉽지?"

"예."

민지식이 몽유병 환자처럼 자리에서 일어섰다.

그의 손에는 학적부가 들려 있었다.

민지식과 카스트로가 떠나갔다.

"그가 떠났다면 지금처럼 몸을 사리지 않아도 되는 거잖아? 나도 굶은 지 하루가 다 돼 간다고."

알렉스의 말에 클라우드가 한숨을 내쉬었다.

"이봐, 뭔가 착각하고 있는데, 우리가 서울에 온 것은 먹기 위해서가 아니야. 회장님은 우리에게 특명을 내렸다고. 회장님이 서울에 오기 전에 서둘러 강유진의 딸을 찾아야 해."

"그래서 계속 굶으라고? 그건 못 해. 절대!"

"난 굶자고 하지 않았어. 마음껏 즐겨. 강유진이 없다는 걸 알았으니 무서울 것도 없잖아? 다만 강유진과 딸이 어디로 갔는지 알아내야 한다는 걸 명심하라고."

"머리 쓰는 건 리더인 네가 하라고. 난 일단 먹으러 가야겠어."

알렉스가 움직이려 하자 클라우드가 급히 말했다.

"알렉스, 여기를 우리의 사무실로 사용할 거야. 그러니 배를 채우고 돌아 와. 다음 단계를 준비해야 하니까."

"알았어."

알렉스가 뻥 뚫린 창문 밖으로 몸을 날렸다.

그런 그를 보며 클라우드가 혀를 찼다.

"쯧쯧! 어지간히 급했던 모양이군. 소피아, 너는 어떻게 할 거야?"

"나는 제니와 함께 살 집을 구하러 갈 생각이야."

"그의 딸을 찾으러 언제 떠나야 할지도 모르는데…… 집을 마련한다고?"

"이렇게 지저분한 곳에는 단 일 분도 있고 싶지 않아. 그리고 생각해 봐. 무턱대고 돌아다니는 것보다, 서울에 본거지를 두고 그의 흔적을 찾는 게 더 효과적일 거야."

"흠, 그럴지도……."

클라우드가 희고 가느다란 검지 손가락으로 이마를 가볍게 긁었다.

강남에 돌아오니 과거의 습관이 나온다.

예전에는 이런 간단한 동작 하나만으로도 한국 여자들이 비명을 지르곤 했다.

괜히 웃음이 나왔다.

"훗! 급한 건 사실이지만 서두른다고 될 일은 아니지. 나는 여기에 자리를 잡을게. 식당도 가깝고 괜찮은 것 같아. 그럼 저녁때 다시 보자."

"좋아. 가자 제니."

소피아가 제니의 손을 잡고 문 쪽으로 걸어갔다.

제니의 뒤통수를 보고 있던 클라우드가 갑자기 생각난 듯 말했다.

"제니가 사고를 치지 못하도록 주의를 줘. 그가 우리를 먼저 찾아오면 안 되니까. 그는 최소한 1킬로미터의 거리를 둬야 할 사람이라고."

"걱정 하지 마. 그런데 회장님의 말만 듣고 너무 겁먹은 거 아냐? 우린 신인류 중에서도 최고라고. 그게 어떤 의미인지 알잖아?"

"회장님도 그걸 알고 있을 거라고 생각해."

"쳇! 입만 열면 회장님 얘기네. 고리타분하게."

투덜거리던 소피아가 힘차게 걸음을 옮겼다.

그녀의 손에 이끌려 가던 제니가 살짝 뒤를 돌아보았다.

시간이 정지한 듯 소피아가 멈췄다.

클라우드와 제니의 시선이 만났다.

제니의 입술이 살짝 움직였다.

소리 없이 입술로만 뭐라고 말하는 것 같았다.

'응?'

클라우드가 눈을 끔뻑였다.

'지금 뭐라고 하는 거야?'

고민하던 클라우드는 손으로 이마를 긁었다.

제니의 입가에 미소가 떠올랐다.

순간 소피아가 다시 걷기 시작했다.

소피아와 제니가 함께 멀어져 갔다.

*　　*　　*

김소연의 하루 일과는 일정했다.

아침에 일어나면 배식 줄을 서고, 먹거리를 찾아 빈집이나 무너진 상가를 뒤지고 다닌다. 그리고 다시 저녁 배식에 참가했다가, 집으로 돌아가 새우잠을 잔다.

박세기가 경비 대장으로 있을 때만 해도 김소연은 우대자 혜택을 받았다. 그러나 박세기가 강남을 떠나자, 그녀가 받던 우대자 혜택도 아침 안개처럼 사라졌다.

그날도 하루 종일 무너진 상가를 뒤지고 다니던 김소연은 초저녁이 되자 집으로 향했다.

아파트 통로를 걸어가는 김소연의 발걸음은 다른 때와 달리 가벼웠다.

낮에 상가의 잔해 더미 속에서 통조림을 몇 개 주웠기 때문이다.

김소연은 자기도 모르게 "운수 좋은 날"이라고 중얼거렸다가 살짝 인상을 찡그렸다. 현진건의 소설 "운수 좋은 날"은 뒤끝이 좋지 않았기 때문이다.

"재수 없게 무슨 생각이람?"

김소연은 가벼운 웃음으로 불길한 생각을 떨쳐냈다.

그리고 통조림이 든 손가방을 다시 보듬어 안았다.

문득 하연이와 강유진의 얼굴이 떠오른다.

하연이가 잘 지내고 있을지 궁금했다.

'유진 씨가 있으니까 하연이는 나처럼 고생하지 않겠지…….'

그렇게 생각하니 가슴이 아려 왔다.

자신이 더 이상 '우대자' 대접을 받지 못하고 있다는 걸 딸과 강유진이 알게 되면 무슨 일이 생길까?

현관문 앞에서 김소연은 잠시 상상의 날개를 펼쳤다.

박세기가 경비 대장에서 물러났으니 언제고 사람을 보내 안부를 물어 올 것이다.

그때 우대자 자격이 박탈당했다는 사실이 전해지면, 다시 사람을 보내 자신을 데리러 올 것이다.

'갈까? 아니면 거절할까?'

잠시 고민하던 김소연은 가는 게 낫겠다고 결론 내렸다.

마음이 불편하더라도, 그곳에서는 배를 주리지 않아도 된다.

한때는 강유진과 한자리에 있다는 게 고통스러워서 피하려고만 했는데, 멀찍이서 딸과 그의 행복을 지켜보는 것도 괜찮겠다는 생각이 든다.

임지연 박사가 기분 나빠 하지만 않는다면.

임지연 박사를 떠올리자 들떠 있던 마음이 가라앉았다.

김소연은 땅이 꺼져라 한숨을 내쉰 뒤, 현관문을 열고 안으로 들어갔다.

그 순간, 바람처럼 뭔가 등을 밀고 안으로 함께 들어왔다.

"어멋! 뭐, 뭐예요?"

깜짝 놀란 김소연이 외마디 비명과 함께 뒤쪽을 바라보았다.

금발의 외국인 남자가 태연한 얼굴로 서 있다.

남자와 눈이 마주치자 긴장으로 굳어 있던 김소연의 몸이 부드럽게 풀어졌다.

금발의 남자, 카스트로가 이미 최면 상태의 여자에게 웃으며 다가갔다.

"김소연 씨?"

"네."

카스트로가 김소연의 머리카락을 매만지며 다시 물었다.

"전남편 이름이 뭐지?"

별 기대 없이 절차상 필요하다고 생각해서 물은 것이다.

카스트로는 눈앞의 볼품없는 여자가 자신의 영어를 알아들을 거라고 기대하지 않았다.

그런데 생각지도 못한 일이 일어났다.

여자가 유창한 영어로 대답한 것이다.

"내 전남편 이름은 강유진이에요."

흥미가 생긴 카스트로가 여자를 소파로 인도했다.

자신들이 피해야 하는 강유진에 대해 좀 알아봐야겠다고 생각한 것이다.

"그는 어떤 사람이지? 특별히 잘하는 일이나 직업 같은 거 말이야."

김소연이 나른한 음성으로 답했다.

"다정다감하고 좋은 남자예요. 가정적이고, 책임감이 강했어요. 그리고……."

"됐고, 직업은 뭐였지? 하는 일 말이야."

우습게도 여자가 전남편의 좋은 점에 대해 늘어놓으려 하자 클라우드는 말을 끊었다.

"회사원이었어요."

"……."

여자의 말에 카스트로는 일순 할 말을 잃었다.

이 여자는 자신의 남편에 대해 잘 모르는 것 같았다.

갑자기 흥미가 사라졌다.

그건 여자에게 안된 일이었다.

카스트로가 여자의 옆자리로 옮겨 앉았다.

그리고 여자의 귓가에 감미로운 목소리로 속삭였다.

"그동안 고생 많았어. 이제 쉬도록 해."

이튿날 아침, 빌려줬던 톱을 받으러 간 옆집 남자에 의해 김소연의 시체가 발견됐다. 그녀의 죽음을 두고 강남이 발칵 뒤집어졌다. 그녀는 거실에서 목이 잘린 채 발견되었는데, 기이하게도 몸에서 한 방울의 피도 발견되지 않았다. 집 안 어디에도 핏자국이 없었다.

엽기적인 살인 사건에 강남의 거주민이 불안에 떨자 재건 정부에서 관심을 가지고 조사에 들어갔다.

곧 그녀에 관해 알려지지 않았던 사실들이 드러났다. 하필이면 그녀는 재건 정부에서 주목하고 있던 강유진의 전처였다.

재건 정부에서는 경비대를 투입해 범인 색출에 나섰지만 허사였다.

심상치 않은 사건임을 인지한 재건 정부는 범인을 찾는 데 심혈을 기울이려 했지만, 경비대의 조사는 오래가지 못했다.

김소연의 죽음을 시작으로 평균 하루에 한 건씩 잔혹 범죄가 발생하기 시작한 것이다.

잔혹하게 전신의 피부가 벗겨지거나, 사지(四肢)가 절단된 남자들의 시체가 집 안과 골목 한구석에서 발견됐다.

재건 정부는 거의 공황 상태에 빠져 버렸다.

김소연의 살인 사건도 그 와중에 잊혀졌다.

* * *

자칭 세계불멸협회의 아시아 대표들이 강남에 입주 신청서를 넣었다.

김이수철이 이끄는 강남의 위원회는 입주를 승인하지 않았다. 그들에게 강남에서 필요로 하는 기술이 없다는 이유에서다.

세계불멸협회는 조용히 물러나 강남의 외곽에 자리를 잡았다.

그들은 도둑과 강도를 몰아낸 뒤, 매주 한차례씩 폐교된 초등학교에서 집회를 열었다.

그때마다 명사들이 나와서 '신인류가 되면 영생한다' 고 가르쳤다.

시간이 지날수록 사람들은 세계불멸협회의 집회에 열광했다.

나중에는 강남의 거주민들도 그 집회에 참석하기 위해 위험을 무릅쓰고 외부로 나갈 정도였다.

많은 사람들이 처음에는 '실제로 누가 불멸자가 됐는가?' 를 궁금해 하지 않았다.

종교인이 '절' 이나 '교회' 에 다녀도 '부처' 나 '예수' 가 되지 못한다. 딱히 되고 싶어 하지도 않는다.

'불멸자' 도 그 연장선상에 있었다.

이미 너무 많은 죽음을 보았고, 지금도 죽음의 위기에 놓여 있었기에, 사람들은 영생이 보장된 불멸에 집착했을 뿐이다.

그건 어려운 일도 아니다.

단지 칸 락의 이름을 부르고, 피를 마시면 된다. 그러면 신인류가 되고, 영생할 수 있다.

그러던 중 최초로 열린 '피의 제전 in Seoul' 에서 기적이 일어났다.

죽어가던 사람들이 신인류로 각성하여 건강을 되찾은 것이다.

폐렴, 결핵, 암, 백혈병 등으로 죽을 날만 기다리던 사람들이 초인이 되었다.

미국에서 좀비 폭발이 있었다면, 서울에서는 신인류의 폭발이 일어났다.

초저녁.

강남 외곽의 국제불멸협회 서울 지부 사무실에 세 남자가 모여 앉았다. 아시아 분과 위원장인 클라우드와 카스트로 그리고 알렉스다.

"가끔씩 느끼는 건데, 한국인의 열정은 정말 놀라워."

클라우드의 말에 알렉스가 고개를 주억거렸다.

"나도 동의해. 이렇게 신인류가 늘어날 줄은 상상도 하지 못했어. 정말 폭발적이라는 말밖에 달리 표현할 방법이 없어. 그렇지 않아?"

"그런데 소피아는 왜 안 오는 거지? 오늘 중요한 회의가 있다는 걸 알고 있을 텐데?"

카스트로의 음성에는 짜증이 깃들어 있었다.

알렉스가 웃으며 말했다.

"알면서 왜 물어? 제니를 찾으러 갔겠지. 항상 그랬잖아."

"제길! 제니! 제니! 제니! 제니가 문제야! 우리가 강남에서 이곳으로 나온 것도 그 년 때문이잖아. 그 작은 악마 하나가 모든 일을 엉망으로 만들고 있어!"

정말 화가 난 듯 카스트로의 눈에서 살기가 번득였다.

사실 그들이 강남을 떠나 이곳에 자리를 잡게 된 것은 제니 탓이다. 제니가 너무 많은 사람을 죽인 탓에 경비대와 사람들이 극도로 예민해졌다. 클라우드는 '혹시라도 강유진에게 이 소식이 전해지면 위험해진다'며 모두를 데리고 강남에서 빠져 나왔다.

그리고 서둘러 세계불멸협회 서울 지부를 만들었다.

신인류를 양산해 그 속에 숨어 버리기 위해서다.

그 모두가 강유진과의 직접적인 접촉을 최대한 피하기 위한 것이었다.

그런데 이 과정에서 약간의 예기치 못한 부작용이 발생했다. 애초의 계획보다 훨씬 더 많은 신인류가 탄생하고 만 것이다.

너무 많은 숫자의 신인류는 좋은 현상이 아니었다. 적절한 개체수를 유지하지 않으면 식량부족 사태에 빠지게 된다. 대놓고 말하는 사람은 없지만, 다들 앞날에 대한 염려가 컸다.

이 모든 일의 원흉이 제니다.

제니만 아니었으면, 강남에서 상태가 좋은 도시락을 관리하며, 여유롭게 강유진의 딸에 대한 정보를 수집하고 있었을 것이다.

그랬다면 번거롭게 세계불멸협회 서울 지부를 만들지 않아도 됐고, 폭발적으로 늘어난 신인류 문제로 골치를 썩일 일도 없었다.

"클라우드! 너도 느끼고 있겠지만 제니가 너무 주목을 받고 있어. 이대로라면 서울 지부를 만든 보람도 없게 될 거야. 그 작은 악마가 남긴 시체들을 따라가다 보면 우리를 만나게 될 테니까."

"그래서 어쩌자는 건가?"

클라우드가 인상을 찌푸렸다.

제니가 문제라는 건 자신도 안다. 그러나 어쩌라는 말인가?

"회장님도 신인류의 안위를 위해 악의 씨앗을 제거하라고 했다."

"뭐라고? 그 말은 설마?"

"그래, 회장님의 말이 진실이라면 우리는 그녇(제니)을 청소해야 한다. 회장님의 말이 거짓이라면 이렇게까지 떨며 숨죽이고 있을 필요가 없고. 자네는 어느 쪽 같은가?"

공이 클라우드에게로 넘어갔다.

클라우드가 곤혹스러운 얼굴로 알렉스를 바라보았다. 어떻게 했으면 좋겠는지 말해 달라는 눈빛이다.

곰곰 생각하던 알렉스가 입을 열었다.

"일리 있는 말이야. 강유진이 그렇게 무서운 자라면 제니를 치워야 하고, 강유진의 위험이 과장되었다면 이렇게 쥐구멍 속에 숨어 있을 이유가 없지."

"끙!"

클라우드의 입에서 침음성이 흘러 나왔다.

두 사람의 의견은 결국 강유진이 어떤 인간이냐에 따라 행동을 결정해야 한다는 것이다.

"친구들, 들어봐. 지난 한 달간 우리는 강유진이라는 남자에 관한 소문을 어렵지 않게 들었어. 그를 대천사 가브리엘이라고 말하는 사람도 있었고, 여자를 잘 만난 전직 정부 요원이라는 사람도 있었지. 물론 재벌 그룹 회장의 사생아라는 영양가 없는 소리도 있었지만…….”

“난 최근에 그자가 진혈의 신인류일 거라는 소리까지 들었어.”

“누군 신비종파의 교주라고 하던데…….”

알렉스와 카스트로가 한마디씩 추가했다.

클라우드가 난감하다는 듯 어깨를 으쓱해 보이는 제스처를 취했다.

“그래, 강유진은 그 정도로 신비인이야. 소문들로만 봐도 그가 보통의 인간은 아닌 것 같아. 회장님의 말처럼 위험인물인지는 아직 잘 모르겠지만…….”

“그래서?”

알렉스와 카스트로가 클라우드를 바라보았다.

클라우드가 천천히 말했다.

“미국에 있던 회장님이 어떻게 강유진을 알고 있을지 생각해 본 사람 있나?”

“…….”

알렉스와 카스트로가 고개를 갸웃거렸다.

지금까지 단 한 번도 그런 생각을 해 본 적 없지만, 클라우드의 말을 들으니 궁금해진다. 회장은 어떻게 강유진이 위험인물이라는 걸 알게 된 것일까?

"회장님은 칸 락의 대리인이자, 신인류의 장자(長子)라고 할 수 있다. 회장님은 진혈마저도 우습게 여기는 능력자이기도 하고. 알다시피 세계의 관리자들이 회장님에게 순종하는 건 그가 두려워서지. 그런데, 그 회장님이 강유진에 대해 말할 때…… 나는 알 수 있었다. 회장님이 그를 두려워하고 있다는 것을……."

"오, 젠장!"

"제길! 왜 그렇게 중요한 이야기를 이제야 하는 거지?"

알렉스와 카스트로는 쉬지 않고 '씨발! 젠장!'을 연발했다.

최초의 신인류인 세계불멸협회 회장이 두려워하는 존재가 있다?

그렇다면 그건 신인류가 불완전하다는 것의 반증(反證)이다.

신인류가 불완전하다면 불멸이니 영생이니 하는 것도 허구일 수 있다.

한참 만에 카스트로가 차갑게 말했다.

"씨발! 그렇다면 망설일 게 뭐가 있어? 그 작은 년부터 정리하자고. 꼬리를 자르고, 신인류 속에 숨어서 기회를 엿보는 게 좋겠어."

클라우드가 한숨을 길게 내쉬었다.

"소피아가 가만히 있지 않을 거야."

"그래 봤자 그년은 소피아의 장난감에 불과해. 처음에는 화를 내겠지만, 시간이 지나면 다른 장난감을 찾게 될 거야."

"……."

한참 생각하던 클라우드가 마음을 정한 듯 단호하게 말했다.

"좋아, 그렇다면 네가 제니를 정리해. 나와 알렉스는 소피아를 달랠 방법을 준비할 테니까. 어때?"

카스트로가 흔쾌히 승낙했다.

"오케이! 흔적도 없이 정리해 줄게."

"언제 시작할 건가?"

"시간 끌게 뭐가 있어? 오늘 밤에 끝내 주지."

클라우드가 알렉스와 카스트로를 번갈아 바라보았다.

"이 일은 차후에 회장님에게 보고하도록 하겠어. 아시아 분과 위원장의 권한으로 악의 씨앗을 추가로 제거했다고 말이야."

알렉스와 카스트로가 묵묵히 고개를 끄덕였다.

그렇게 제니의 운명이 세 남자에 의해 결정되었다.

*　　*　　*

"제니, 언제쯤 정신을 차릴래? 민감한 시기이니까 이러면 안 된다고 했잖아?"

소피아가 껍데기가 벗겨진 남자를 빈 드럼통 속에 구겨 넣으며 언성을 높였다.

"……."

정작 제니는 아무렇지도 않은 얼굴로 소피아를 바라보았다.

"오늘 중요한 회의가 있었는데…… 남자들이 우리 욕을 엄청 하고 있을 거야. 젠장!"

드럼통 위로 나일론과 기름이 타는 메케한 연기가 피어올랐다.

"이 냄새, 정말 싫어. 싫다고."

소피아는 투덜거리면서 연신 안으로 탈 것들을 밀어 넣었다.

제니가 소피아에게 천진한 미소를 지어 보였다.

"웃지 마! 뭘 잘했다고 웃어!"

불꽃이 넘실거리자 소피아는 제니의 손을 잡고 어둠 속으로 사라져갔다.

잠시 후 고기 타는 냄새를 맡고 사람들이 하나 둘 모여 들었다.

소피아와 제니가 다시 모습을 드러낸 곳은 빌라 앞에서다.

건물의 외벽에는 청마빌라라는 이름이 적혀 있었다.

폭격으로 빌라의 이 층은 대부분 날아간 상태였다.

일 층은 그런대로 온전한 모습이었는데, 살던 사람들이 모두 피난을 갔는지 비어 있었다.

소피아와 제니는 가장 안쪽의 일 층 집으로 들어갔다.

제법 오래 생활을 했는지 두 사람의 발걸음에는 거침이 없었다.

소피아는 들어가자마자 소파에 편하게 기대앉아 나른한 목소리로 말했다.

"아아! 제니, 너 때문에 오늘 하루가 어떻게 지나갔는지도 모르겠다. 이리 와서 어깨 좀 주물러 봐. 아까 드럼통 옮기다가 삐끗한 것 같아."

"……."

제니가 소피아의 뒤쪽으로 돌아갔다.

한참 제니의 안마를 받던 소피아가 소파 등받이로 한쪽 손을 걸친 뒤에 풀어진 음성으로 중얼거렸다.

"이젠 제법 안마를 잘 하는구나. 내 고양이야, 엄마에게 키스를 해주렴."

제니는 말없이 소피아의 손등에 입술을 가져갔다.

"아음……."

소피아의 입에서 뜻 모를 신음이 흘러 나왔다.

소리를 따라 제니의 입술이 손목 안쪽으로 조금씩 이동했다.

계속 움직일 것 같던 제니의 입술은 손목의 혈관 위에서 멈췄다.

"아!"

소피아의 입에서 가벼운 비명이 흘러나왔다.

순간 입술과 손목이 맞닿은 자리에서 붉은 꽃망울이 맺혔다. 그리고 이내 한줄기 선혈이 손목의 미려한 곡선을 타고 아래로 흘러내렸다.

소피아는 잠이 든 듯 미동도 하지 않았다.

제니의 작고 규칙적인 숨소리가 거실을 가득 채웠다.

5분쯤 지났을까?

제니가 소피아의 손목에서 입술을 떼어 냈다.

그리고 진짜 고양이처럼 소피아의 하얀 손목을 연신 핥아댔다.

그럴 때마다 핏자국은 물론 선명하게 남아 있던 이빨 자국도 사라져 갔다.

일이 끝나자 제니는 소피아의 발치에 쪼그리고 앉았다.

제니가 앉자마자 현관문 두드리는 소리가 들려 왔다.

탕. 탕. 탕.

자리에서 일어난 제니는 깊게 잠든 소피아를 힐끗 바라본 후 현관으로 걸어갔다.

문을 열자 카스트로가 웃으며 인사를 했다.

"하이! 제니, 소피아는 뭘 하고 있기에 네가 문을 열어?"

안쪽을 기웃거리던 카스트로는 소파에서 잠든 소피아를 발견하고 히죽 웃었다.

"어때? 잠이 안 오는 것 같은데, 오늘 밤은 나와 함께 산책이라도 할까? 알려줄 소식도 있고."

지금 시간은 밤 11시.

인간들에게는 늦은 밤이지만 신인류에게는 초저녁이라고 할 수 있었다.

제니가 무표정한 얼굴로 고개를 까닥였다.

카스트로는 제니가 마음을 바꾸기 전에 떠날 생각으로 손을 잡았다.

"그럼, 가자."

"……."

제니는 카스트로가 이끄는 대로 현관을 나섰다.

덜컹.

현관의 철문이 닫히는 소리를 뒤로하고 카스트로와 제니가 어둠 속으로 사라졌다.

카스트로는 제니를 데리고 과거의 한강—지금은 그저 완만한 곡선의 눈길에 불과한 곳—으로 향했다.

한강변의 매서운 바람과 황량함은 강도단들도 꺼리는지라, 살아 움직이는 것은 보이지 않았다.

"이렇게 둘이 산책하는 것도 처음이지?"

"응."

"내가 말했던가? 우리 뒷집에 너와 비슷한 또래의 여자애가 있었다고. 엘리스라고 아주 귀여웠지. 중국의 핵 공격을 받고도 살았는데, 어떻게 죽었는지 알아?"

"……."

"굶어 죽었어. 웃기지. 미국에서 굶어 죽다니."

"굶어?"

"그런데 내가 하려고 했던 말은 그게 아니야. 핵 공격을 받고난 직후에, 세상이 온통 어수선할 때, 내가 엘리스를 어른으로 만들어 줬어. 물론 강제로 그랬지. 12살짜리가 뭘 알겠어? 그 뒤에 얼마 못 가서 굶어 죽었는데, 어리지만 할 건 다 해보고 죽었으니까 괜찮을 거라고 생각해. 안 그래?"

"……."

"아! 영어가 아직 서툴러서 잘 못 알아듣겠지? 그럴 거야."

"응."

"네가 사람을 너무 많이 죽여서 골치 아프게 됐어. 그래서 우리는 너를 멀리 보내기로 했단다. 일단 가면 이곳으로 다시 돌아오지 못할 거야. 알겠어? 넌 멀리 가야 한다고!"

"응."

"그래, 가는 건 알아듣는구나. 멀리 가기 전에 어때? 나하고 한 번 하는 건? 너도 꽤 여러 남자를 좋아한다고 들었는데. 오늘 나랑 뜨겁게 사랑을 나눌까?"

카스트로는 인형 같이 귀여운 제니를 범하고 죽일 생각이었다. 육체적으로 불가능하다는 생각은 뇌리에서 사라진 지 오래다.

그는 진혈의 축복을 받은 관리자 중에 한 사람이다. 당연히 제니를 죽이는 건 누워서 떡먹기다. 그래서 지금 그의 머릿속은 제니를 가지고 놀 생각으로 가득했다.

"……."

제니는 담담한 표정으로 카스트로를 바라보기만 했다.

"물론, 네가 싫다고 해도 나는 너와 사랑을 나눌 거야. 강제로라도. 나에게는 그럴 힘이 있으니까. 너도 알지? 그러니까 가만히 있어. 너를 다치게 하고 싶지 않으니까."

카스트로가 두 손으로 제니의 작고 가녀린 어깨를 움켜잡았다.

갑자기 제니가 물었다.

"나를 죽일 거야?"

"아직 몰라. 네가 하는 거 보고. 나에게 봉사를 잘 하면 살려 줄 수도 있지."

막판에 살짝 흥분한 카스트로는 본래 계획을 털어 놓고 말았다.

자신의 힘에 도취되어 혼자서 앞서간 것이다.

"죽인다고?"

제니가 무표정한 얼굴로 중얼거렸다.

이상한 장면이 저 혼자 머릿속을 가르고 기어 나와 눈앞에서 어른거렸다.

그럴 때마다 누군가 머리를 송곳으로 찌르는 듯 아팠다.

"베이비, 살고 싶으면 날 만족시켜 봐."

말과 함께 카스트로가 제니를 자신의 앞쪽으로 끌어 당겼다.

제니의 상체가 카스트로의 아랫도리에 닿는 순간이다.

펑—

그그그극—

뭔가 터지는 소리와 함께 카스트로의 몸이 10여 미터나 뒤로 밀려갔다.

"크윽!"

카스트로의 입에서 신음이 흘러 나왔다.

자신과 제니 사이에 밭고랑처럼 깊게 패인 두 개의 선이 생겼다.

튕겨내는 힘에 밀리지 않게 두 발로 버티다가 만들어진 저항의 흔적이다.

카스트로는 조금 전의 일이 믿어지지 않는다는 눈빛이다.

'씨발! 갑자기 당해서 그런 거다.'

그것 말고는 달리 설명할 길이 없다.

진혈의 신인류가 겨우 각성한 여자아이의 힘을 당해내지 못하다니? 그런 병신 같은 일이 현실에서 일어날 리가 없지 않은가?

"이 개 같은 년이!"

감히 관리자를 공격해?

울컥하고 화가 치밀어 오른 카스트로는 허공으로 몸을 날렸다.

단숨에 제니에게 날아가 목을 부러뜨리기 위해서다.

"응?"

그런데 몸이 움직이질 않았다.

'뭐지? 왜 이런 개 같은 일이?'

카스트로는 그제야 뭔가 잘못되고 있다는 걸 알았다.

뭔가 강력하고 끈끈한 힘이 자신의 몸을 짓누르고 있었다.

자신의 내부에 가득한 신인류의 힘은 여전한데, 전신이 마치 투명한 거미줄에 걸린 것처럼 벗어날 수가 없다.

"이년! 나에게 무슨 짓을 한 거냐!"

"……."

제니는 대답하지 않았다.

지금 제니의 시선은 허공에 못 박힌 듯 머물러 있었다.

"엄마……."

제니의 눈에는 남자의 손에 들린 칼이 보였다.

칼은 고통으로 발버둥치는 엄마의 몸을 천천히 잘라냈다.

"아악! 엄마! 엄마!"

엄마—

어린아이의 찢어지는 듯한 뾰족한 비명이 설원 위에 길게 메아리쳤다.

순간 카스트로의 몸이 서서히 떠올랐다.

"뭐, 뭐야! 그만! 그만해!"

곧이어 미증유의 힘이 진혈의 신인류인 그의 몸을 뜯어냈다.

크아아아악—

카스트로의 입에서 끔찍한 비명이 터져 나왔다.

후드드득.

조각난 뼈와 살덩이가 지면으로 떨어져 내렸다.

하얀 설원 위에 검붉은 핏자국이 커다란 원을 그리며 생겨났다.

붉은 원의 중앙에 제니가 쪼그리고 앉아 울먹였다.

"흑! 흑! 엄마…… 아빠……."

제7화

악의 씨앗

이튿날 오전에 소피아는 제니의 손을 잡고 국제불멸협회 서울 지부로 나갔다. 지난 밤 모임에 나가지 못해 예정에 없이 들린 것이다.

사무실 안으로 들어가던 소피아는 마침 클라우드와 눈이 마주치자 황급히 변명부터 했다.

"미안해, 어제는 너무 몸이 좋지 않아서 참석하지 못했어."

조금만 생각해 보면 변명 같지 않은 변명이라는 걸 알 수 있다. 그녀가 진혈의 신인류인 까닭이다. 하지만 실제로 소피아는 어제 밤에 몸이 좋지 않았다.

"어, 그래? 괜찮아. 별로 중요한 이야기는 없었으니까."

클라우드는 소피아의 말을 깊이 생각하지 않고 넘겼다. 그도 어제의 일에 대해서는 길게 이야기 하고 싶지 않아서다.

소피아가 알렉스에게 손을 흔들어 보인 후 물었다.

“그런데 카스트로는 안 보이네?”

“응? 카스트로? 그러게, 어딜 싸돌아다니고 있는지…… 어이! 알렉스! 카스트로 못 봤어?”

“전혀. 그 친구가 어디에 있는지 나도 궁금해.”

알렉스가 힐끗 제니를 바라보았다.

정작 카스트로는 사라지고, 제니는 멀쩡하게 돌아다니고 있다. 이걸 어떻게 해석해야 하는 걸까?

“그런데 어제는 왜 모이라고 했던거야?”

소피아가 알고 싶다는 듯 클라우드를 바라보았다.

“아, 어제? 그건 말이지…….”

잠시 머뭇거리던 클라우드가 알렉스를 불렀다.

“알렉스, 잠깐 와봐.”

“…….”

클라우드가 의아한 눈으로 바라보는 소피아를 향해 빙긋 웃어 보였다.

“그렇지 않아도 다 모인 자리에서 할 이야기가 있어서.”

알렉스가 클라우드 옆의 빈자리에 걸쳐 앉았다.

클라우드와 알렉스의 맞은편에 소피아와 제니가 앉은 형태다.

관리자가 모이자 클라우드가 입을 열었다.

"들어봐. 이렇게 마냥 서울에서 강유진의 소식이 들려오길 기다릴 수는 없어. 우리보다 늦게 출발한 사람들까지 서울에 진입했다고. 언제 회장님이 우리를 찾아올지 몰라. 한 가지 분명한 건, 우리가 서울에 엉덩이를 붙이고 있다가 회장님을 만나면…… 좋은 꼴을 당하지 않을 거라는 거야."

"하지만 너도 알다시피 우리는 강유진이 어디에 있는지 여전히 모르고 있다고. 무턱대고 서울을 벗어날 수는 없어. 우리가 진혈의 신인류인 건 맞지만, 그렇다고 슈퍼맨은 아니잖아."

알렉스는 무턱대고 서울을 벗어나는 것에 반대하는 입장이었다.

아무리 신인류라고 해도 추위와 굶주림을 무시하지는 못한다. 신인류는 로봇이 아니라 인간보다 육체적인 능력이 뛰어난 존재일 뿐이다. 동상에 걸리면 세포가 썩어서 떨어져 나가고, 사흘을 굶으면 말라 죽는다. 눈에 파묻힌 길과 줄어든 인간의 개체수로 인해 도시를 떠난다는 건 위험천만한 일이었다.

클라우드가 알렉스와 소피아를 번갈아 보며 말했다.

"강유진이 있는 곳에 대한 단서를 찾았어."

"정말?"

"어딘데?"

소피아와 알렉스가 동시에 물었다.

"물론 정확한 건 아니야. 그래도 여기 계속 앉아 있다가 회장님에게 찍혀 봉변을 당하느니, 나가서 찾아보는 게 낫다고 생각해."

"단서라는 게 뭐야?"

알렉스가 답답하다는 듯 재촉했다.

"한 달쯤 전에 강유진의 캠프를 찾아 백 명이 떠났다고 한 소리는 들어서 알고 있을 거야. 그런데 어제 나는 그것과 관계된 보다 구체적인 이야기를 들었어. 그들이 강남을 떠날 때 가지고 간 건 5일 분의 식량이었데. 이게 무슨 말인지 알아? 강유진의 캠프는 100명이 걸어서 5일 안에 도착 할 수 있는 거리에 있다는 거야. 전문가의 견해에 의하면 경기도를 벗어나지 못했을 거라더군. 그들의 이동 방향은 동남쪽. 무슨 말인지 알겠지? 우리의 이동 속도면 2—3일이면 가능할 거야. 동남쪽으로 2—3일 거리를 집중적으로 뒤져보자고. 더는 갈 필요도 없어. 2—3일 거리까지 갔다가 캠프의 실마리를 찾지 못하면 돌아와서, 재충전하고 다시 가는 거지."

"오호! 그거 좋은 생각이야. 우리가 수색 중이라는 걸 안다면 회장님도 뭐라고 하지 않을 테니까!"

알렉스가 탄성과 함께 자리에서 벌떡 일어났다.

방향과 대략의 거리를 안다면 막막한 느낌도 없을 것이다. 어쩌면 생각보다 더 빨리 강유진의 캠프를 찾게 될 수도 있다.

"클라우드! 왜 이런 좋은 얘기를 지금 해주는 거야?"

"나도 어제 들은 이야기라고 했잖아."

"당장 내일부터 시작하자."

알렉스의 말에 클라우드가 인상을 찡그렸다.

"그전에 카스트로를 찾아야지. 그를 두고 우리끼리 움직일 수는 없잖아."

"아! 그렇지. 카스트로, 카스트로…… 이렇게 결정적인 순간에 대체 어디로 사라진 거야?"

알렉스가 힐끗 제니를 향해 시선을 던졌다.

우연히 제니와 알렉스의 눈이 마주쳤다.

제니의 입꼬리가 미미하게 올라갔다.

알렉스가 그 의미에 대해 생각할 때, 제니의 얼굴은 원래대로 돌아갔다.

그 순간이 아무리 짧다 해도 신인류의 동체시력에서 벗어날 수는 없다.

'뭐지? 혹 소피아와 제니가…….'

알렉스는 한순간 '소피아와 제니가 카스트로를 해치웠을지도 모른다'는 생각을 했다.

그러고 보니 소피아는 평소와 달리 권태로운 표정으로 앉아 있었다.

카스트로가 어디 있는지 궁금해하는 사람은 자신과 클라우드뿐이라는 느낌이 든다.

'좋지 않아.'

그렇지 않아도 악의 씨앗이 늘어가고 있는 마당에 관리자를 의심하게 되다니?

자꾸만 수렁으로 빠져드는 것 같다.

신인류가 작전 세력에 의해 최고가를 찍고 하락하고 있는 주식처럼 보인다면, 지나친 생각일까?

'카스트로, 어떻게 된 거냐?'

알렉스는 속으로 끙끙 앓았다.

속에 있는 말을 하지 못해 답답하기는 클라우드도 마찬가지다.

처음부터 그가 이렇게 구체적인 계획을 제시하려던 것은 아니었다. 그는 그저 어제의 일을 거론하는 소피아에게 둘러대려 말을 꺼냈을 뿐이었다.

그런데 대충 그럴듯하게 말을 만들어 하다 보니 점점 선명하게 해야 할 일이 떠올랐다.

문제는 카스트로가 더욱 필요한 상황이 되었는데 그가 여전히 나타나지 않고 있다는 점이다.

'분명히 어제 저녁에 제니를 처리하겠다고 나갔는데…….'

정작 죽었어야 할 제니는 건강하게 돌아다니는데, 카스트로의 행방이 묘연하다.

이걸 어떻게 해석해야 한단 말인가?

*　　*　　*

서울이 점령당했다.

세계불멸협회 서울 지부가 생기고 얼마 지나지 않아 부산에서 출발한 신인류들이 서울에 도착함으로, 서울은 신인류들의 보금자리가 되었다.

그런데 그들만으로도 부족하다고 생각한 관리자들은 "피의 제전"까지 열었다.

그 결과는 관리자를 포함한 모두의 상상을 초월했다. 미지의 도시 서울에서 엄청난 숫자의 신인류가 탄생한 것이다.

그동안 서울은 세계에서 유일하게 세계불멸협회가 진출하지 않았던 도시다. 그래서 비록 도둑과 강도는 들끓었지만, 신인류가 없는 흡혈귀 청정지역이었다.

그러나 신인류가 서울을 장악한 뒤로 모든 것이 변했다. 그때까지 생존해 있던 서울 인구의 10%는 본인의 뜻과 무관하게 도시락이 되었다. 그것과 별도로 하루 평균 100여명의 사람이 지나친 채혈의 부작용, 즉 혈액 부족으로 사망했다.

강남도 예외는 아니다.

아니, 오히려 강남의 피해자 수는 서울의 평균치보다 높았다. 흡혈귀들이 위생과 건강 상태가 양호한 강남 시민들의 피를 선호한 까닭이다.

피를 빼앗기고 돌연사하는 사람들이 생기자 흡혈귀의 존재가 사람들의 입에 오르내리기 시작했다.

물론 전부가 그런 허황된 이야기를 믿은 건 아니다.

대부분의 사람들은 서울에 '흡혈귀가 있다' 보다는 '인육을 먹는 사람들이 많다' 는 쪽으로 결론 내렸다. 피도 그들이 식품으로 음용(飮用)하는 것이라 믿었다.

어느 쪽이든 매일 쏟아져 나오는 시체들로 사람들 간의 불신은 극에 달했다.

안전하다고 믿었던 거주 지구의 골목길에 시체가 쌓이자 시민들은 살길을 찾아 뿔뿔이 흩어졌다.

위원회는 겨우 유지하던 권위를 잃어갔다.

그 와중에 경비대까지 정체를 알 수 없는 괴인에게 유린당했다. 목격자들에 따르면 무려 2개 분대가 단 한 사람에게 몰살당하는 참사가 일어났다.

위원회는 뒤늦게 최명석의 경고를 떠올렸다.

그러나 이미 사태는 돌이킬 수 없는 지경에 이르러 있었다.

결국 강남의 통제에 실패한 위원회는 은밀하게 해산의 절차를 밟았다. 소지할 수 있는 만큼의 식량을 빼돌려 개미지옥 같은 서울을 조용히 빠져 나가기로 한 것이다.

항거불능의 위기 앞에서 위원회가 가장 먼저 강남을 버렸다.

곧이어 의사와 과학자를 포함한 재건 정부의 인사들과 경비대가 강남을 떠났다.

강남의 거주 지구에 살던 시민들은 식량 배급이 완전히 끊긴 뒤에야, 재건 정부가 증발했고, 자신들이 버려졌다는 사실을 알았다.

그렇다고 모든 경비대원이 한꺼번에 강남을 떠난 건 아니다. 갈 곳을 미처 정하지 못한 소수의 사람들은 끼리끼리 뭉쳐서 살 길을 모색하고 있었다.

"형, 우리도 그만 떠날 때가 된 거 아닐까?"

박하늘이 조심스럽게 무리의 리더인 조민우에게 물었다.

"떠난다고? 어디로?"

조민우가 되물었다.

"일단 강남에서 떠나면 좋은 장소가 나타날 거라고 생각해. 강남은 너무 위험해."

"근데 만약 바깥세상도 다 비슷하다면? 그래도 떠나고 싶냐?"

"그럴 리가 있겠어?"

박하늘이 꺼져가는 모닥불 속으로 화력탄(火力炭)을 하나 던져 넣었다.

파파파팟—

화력탄에 섞인 착화재가 불에 터져나가는 소리가 들렸다.

지름 5센티에 길이는 대략 30센티의 화력탄은 금세 발갛게 달아올랐다.

화력탄은 재건 정부의 과학자들이 마지막으로 개발한 장작 대용의 땔감이다.

재건 정부는 강남은 물론 서울의 모든 재활용 자원—주로 목재와 플라스틱—을 끌어 모아 화력탄 생산 공장을 만들었다. 공장이라고 해봐야 재료를 부수는 파쇄기와 조각난 재료를 담는 거대한 통, 그리고 그것들을 화학약품과 반죽해서 가래떡처럼 뽑아내는 틀이 전부다. 특히 제작 과정이 모두 수동인지라 기름이나 전기가 없어도 생산이 가능하다는 장점을 가지고 있었다.

재료를 다듬는 파쇄기에 목재는 물론 플라스틱과 심지어 쇠붙이까지 종종 섞여 들어갔지만 그렇게 탄생한 화력탄은 화력 하나만큼은 탁월했다. 가끔씩 불 탄 자리에 쇳물이 고여 있을 정도다.

재료에 섞여 들어간 쇳조각이 녹은 것이다.

재건 정부가 해체된 뒤에도 사람들이 서울에서 떠나지 않는 이유는 바로 이 화력탄에 있었다.

본래 재건 정부에서 관리하던 기계지만, 현재는 세계불멸협회 서울 지부의 사람들이 아무 대가 없이 그 일을 대신 해주고 있었다. 덕분에 서울에서는 최소한 얼어 죽을 걱정만큼은 하지 않아도 됐다. 그런 일련의 공익사업으로 세계불멸협회를 과거의 적십자 단체처럼 생각하는 사람도 적지 않았다.

"게다가 서울을 벗어나면 얼어 죽는다고. 이 화력탄을 어디서 구하려고?"

"가방에 담을 만큼 담아서 가면 되지."

"우리가 담아 봤자 얼마나 담는다고. 길어야 일주일이야. 그 안에 서울만 한 장소를 찾을 수 있겠어?"

"아휴! 형, 잠깐 환기 좀 하자. 머리가 아프다."

자리에서 일어난 박하늘은 유리 대용으로 창틀에 걸쳐 두었던 이불을 걷어냈다.

지독한 한기가 실내로 밀려들어 왔지만 그대로 두었다.

화력탄의 또 다른 이름은 사망탄(死亡炭)이다. '얼어 죽은 사람보다 화력탄이 연소할 때 발생하는 유독가스로 사망한 사람이 더 많다' 는 데서 유래한 별명이다. 초기에만 해도 사람들은 화력탄을 장작 대용으로 인식해서, 건물 안이나 심지어 지하 주차장에서도 피웠다. 그 바람에 무수히 많은 사람들이 죽어 나갔고, 사망탄이라는 오명도 그때 얻었다.

박하늘은 다시 이불로 창을 가리고 돌아섰다.

그리고 실내에 모여 있는 사람들을 하나씩 둘러보았다.

과거 경비대 출신의 3가족 아홉 명.

재건 정부와 경비대가 해체될 때 마음이 맞는 사람들끼리 뭉쳤다.

다른 팀들은 연락을 할 수가 없어 죽었는지 살았는지 모른다.

"특무대에 있던 명석 형 기억나지?"

갑작스러운 박하늘의 물음에 조민우가 고개를 끄덕였다.

"알지."

최명석과는 특무대 시절에 함께 지낸 적이 있었다.

하지만 성격 차이로 그냥 데면데면한 관계였다. 마주치면 인사나 하고 지내던 정도?

"그 형이 병원에 있을 때 내가 찾아 간 적이 있거든. 나하고 명석 형이랑 전부터 친하게 지냈잖아? 그때 그 형이 정착지 얘기를 해주더라고."

"설마 그 정착지를 찾아가자는 말을 하고 싶은 거냐?"

"어, 난 그때 대략의 위치를 들어서 알고 있거든."

"어딘데?"

"여주에 오갑산이라고 있는데, 그 근처라고 하더라고."

"여주? 생각보다 멀지는 않네?"

"그치? 가까운 거리도 아니지만, 시도해 볼 만은 하지?"

"그런데 거기가 좋다는 보장이 없잖아?"

조민우는 시큰둥한 표정이었다.

"형, 우리가 지금 사는 건 사는 게 아니야. 무서워서 혼자서는 돌아다니지도 못하잖아. 아침이면 미라처럼 말라 죽은 시체가 수십 구씩 발견 돼. 오래전에 죽은 게 아니라 하룻밤 새에 말라 죽은 거야. 영화 속에나 나오던 흡혈귀에게 피를 뺏기고…… 죽은 거라고."

"야, 이상하긴 해도 흡혈귀는 좀 오버 아니냐? 먹을 게 없으니까 사람을 먹는 놈들이 생긴 거라고 하더만."

"아냐 형! 이건 비밀인데…… 명석 형이 위원회 사람들한테 흡혈귀에 대한 경고를 했어."

"진짜? 명석이가 그랬어?"

"그래, 내가 두 귀로 들었다니까. 그런데 위원회가 몰래 강남을 떠나면서 사람들에게 알려주지 않은 거지. 그래서 흐지부지 비밀 아닌 비밀이 된 거라고."

"그게 사실이면 못됐다. 그 새끼들. 왜 지들만 알고 튄 거래?"

"말했다가 흡혈귀들에게 테러를 당할까 봐 쫄았는지도 모르지. 아니면 지들만 조용히 도망가려고 쉬쉬한 걸 수도 있고."

"야, 진짜 욕 나온다. 니들은 그냥 거기서 흡혈귀들과 함께 뒹굴다가 죽어라 이거 아냐? 그런데 흡혈귀의 정체도 알려 주디?"

"형은 들어도 믿지 않을걸?"

"뭔데?"

"세계불멸협회."

"헐! 진짜? 쩐다! 세계불멸협회라고? 나 오늘도 거기서 화력탄 한 아름 받아 왔는데……."

말끝을 흐리던 조민우가 고개를 갸웃거렸다.

"근데 네 말 듣고 나니 좀 이상하긴 하다. 불멸협회와 흡혈귀! 원래 흡혈귀의 수명이 길잖아? 딱 그거네!"

마무리에 어쩐지 장난기가 묻어 있다.

박하늘이 정색을 하고 말했다.

"농담 아니고, 솔직히 처음에는 나도 너무 황당한 얘기라서 안 믿었었거든. 그런데 요즘 곰곰 생각해보니까, 세계불멸협회 생기고 나서 갑자기 죽은 사람이 엄청 많더라고."

"세계불멸협회 빠(은어, 추종자)들이 들으면 난리 날 소리다. 너 어디 가서 그런 말 하지 마라. 재수 없으면 맞아 죽을지도 몰라."

"그래서 나도 입 다물고 살잖아요. 우리끼리니까 이야기 하는 거라고요."

"하아! 서울에 남아도 걱정, 명석이네 정착지를 찾아가는 것도 걱정이다. 기껏 힘들게 찾아 갔더니 동굴 파고 들어앉아 덜덜 떨고 있으면, 진짜 답 없는데……."

조민우의 탄식에 박하늘이 말했다.

"형이 몰라서 그러는데 명석이 형네 정착지를 찾아서 떠도는 사람들도 꽤 많을 걸? 심지어 위원회도 정착지 위치를 한동안 수소문하고 다녔다던데……."

"설마 그 새끼들 거기 빌붙으러 가지는 않았겠지?"

"모르지. 꽤 오래전 일이니까. 지금쯤 찾았을지도…… 자기들만 살겠다고 시민들 버리고 달아난 놈들인데, 어딘들 못 가겠어?"

"그래도 그 사람들 쫓아낼 때는 언제고 이제 와서 대가리를 디밀어……."

"형, 지금 위원회가 문제가 아냐. 우리도 가느냐 마느냐를 정해야지."

조민우가 곁에 있는 동갑내기 친구 한석기에게 시선을 돌렸다.

"네 생각은 어때?"

"갔음 좋겠다. 서울은 무서워서 못 살겠다. 밤마다 지린다 지려."

"흐음! 속는 셈 치고 명석이네를 찾아가 보자 이거지?"

한참을 이리 재고 저리 재던 조민우가 말했다.

"좋아, 화력탄을 최대한 챙겨봐. 솔직히 나도 요즘은 오줌 누러 나가기도 무섭더라."

"잘 생각 했어 형. 어딜 가도 여기보다는 나을 거야."

그렇게 경비대 출신 남자 셋은 서울을 뜨기로 합의했다.

*　　　*　　　*

재건 정부가 사라진 서울은 제2의 전성기를 맞고 있었다.

세계불멸협회가 화력탄을 전격적으로 제작 지원하면서 지방으로의 탈출 행렬이 줄어들었다.

그 뒤 세계불멸협회는 재건 정부가 위원회를 통해 하던 일을 조금씩 재개했다. 소량이지만 식량을 무상으로 나누어 주기 시작한 것이다.

거의 생색내기에 불과한 것이지만 효과는 놀라웠다.

더 이상의 지방으로의 이탈자가 생기지 않게 된 것이다.

그뿐 아니다.

화력탄과 식량의 지원으로 사람들은 서울을 살 만한 곳으로 인식했다. 기괴한 죽음, 즉 흡혈귀에 대한 공포는 여전했다. 그러나 다른 한편으로 그것은 '얼어 죽거나 굶어 죽는 숫자에 비하면 아무것도 아니다' 라는 소문이 나돌았다. 그리고 그건 일정 부분 사실이기도 했다.

잔혹하게 죽어가는 사람들의 문제는 해결의 기미가 보이지 않았지만, 서울은 세계불멸협회의 지원 아래 조금씩 안정을 찾아갔다.

추위와 굶주림에 지친 사람들에게는 눈에 보이지 않는 흡혈귀 따위의 공포보다, 눈에 보이는 화력탄과 식량 배급이 훨씬 큰 가치였던 것이다.

한편 세계불멸협회에 악의 씨앗으로 규정된 양동원은 경기도를 전전하다가 서울로 올라갔다. 신인류와 인간의 이동 경로를 따라가다 보니 서울에 도착하게 된 것이다.

양동원은 주인이 사라진 빌딩의 꼭대기에 서서 아래를 내려다보았다.

깊은 밤이었지만 곳곳에서 빨간 불빛이 보였다.

그건 도시가 살아 있다는 반증이다.

양동원이 사랑스럽다는 눈으로 불빛을 바라보았다.

많은 사람이 살아가는 대도시는 그에게 잘 차려진 뷔페나 마찬가지였다.

바람을 맞으며 서 있는 양동원의 등 뒤로 두 명의 남자가 유령처럼 나타났다.

"양동원, 이제야 겨우 만나는구나. 너 하나 찾는다고 엄청 빵이 쳤다."

"어이! 구경 그만 하고 죽을 준비나 해라."

남자들의 말에 양동원이 고개를 힐끔 돌렸다.

신인류로 보이는 두 남자가 히죽히죽 웃고 있다.

양동원이 긴장감 없는 얼굴로 물었다.

"이번에는 두 놈이네? 너희들은 순혈이냐?"

남자 하나가 답했다.

"그래, 우리는 모두 순혈이다. 너 같은 놈에게는 한 사람도 아깝지만, 특별히 두 사람이나 온 거지. 왜? 이제 슬슬 겁이 나나? 미리 말하는데 우리 손에서 달아날 생각은 하지 마라. 괜히 몸만 고생한다. 우리는 너 같이 족보 없는 놈과는 다르니까."

"하하! 내가 달아나긴 왜 달아나? 안 그래도 순혈의 피 맛을 본 지 좀 오래 됐는데, 오히려 내가 고맙지. 다른 것들은 좀…… 있잖아? 진한 맛이 부족한 거. 너희들처럼 진하게 우러나는 맛이 있어야 하는데…… 아! 물론 너희들도 그렇게 진하지는 않아. 내 말 무슨 뜻인지 알지?"

고정혁과 신지석은 잠시 멈칫했다.

축복을 받지 못한 평범한 신인류가 순혈의 축복을 받은 자신들

앞에서 너무 태연하지 않은가!

두 사람은 자신들이 알고 있는 상대의 정보가 옳은지 틀린지 의심했다. 찰나지간에 든 의심은 두 사람의 움직임을 둔하게 만들었다.

양동원은 그 짧은 틈을 놓치지 않았다.

바람처럼 고정혁 앞으로 달려가 그의 명치에 주먹을 박아 넣었다.

"컥!"

고정혁의 입에서 답답한 신음이 터져 나왔다.

빠르다.

빨라도 너무 빠르다.

고정혁은 양동원의 움직임을 보지도 못했다.

뭐가 시커먼 게 다가와서 움찔 놀란 순간 명치에 구멍이 뚫린 듯한 고통이 밀려왔다.

언제 움직였는지 뒤로 날아가는 고정혁의 곁에 양동원이 그림자처럼 붙었다.

양동원은 왼손으로 고정혁의 팔을 잡고, 오른손으로 어깨를 눌렀다.

그 모두가 뒤로 날아가는 짧은 시간 동안 공중에서 벌어진 일이다.

고정혁이 충격에서 벗어나 상황을 인식할 즈음, 그의 손목에는 양동원의 입술이 붙어 있었다.

“뭐, 뭐냐! 그, 그만해! 그만…….”

양동원의 이빨에 손목의 정맥이 찢어져나가며 피가 번졌다.

손목을 물어뜯기고 있음에도 정작 고정혁은 만취한 듯한 얼굴로 눈까지 스르륵 감았다.

그리고 정말 잠이 들어 버렸다.

양동원이 고정혁의 명치를 때리고, 달라붙어 손목을 물기까지 그야말로 눈 깜짝할 순간 이었다.

신지석은 고정혁이 ‘철퍼덕’ 하고 바닥에 떨어지고 나서야 고함과 함께 양동원에게 달려갔다.

“죽어!”

신지석의 주먹이 양동원의 얼굴을 스쳤다.

전쟁 전 권투 선수였던 신지석의 주먹은 순혈의 신인류가 되고 난 뒤에는 거의 눈에 보이지도 않을 속도로 빨라졌다.

그럼에도 불구하고 목표를 맞추지 못했다.

양동원의 동체시력과 움직임이 신지석보다 뛰어났던 탓이다.

불과 한 번 호흡을 할 동안에 십여 차례나 주먹을 날리던 신지석이 놀란 눈으로 뒷걸음질 쳤다.

“헉! 헉! 너 양동원 맞냐?”

"그래, 내가 양동원이다."

"어떻게 그럴 수 있지?"

양동원이 야릇한 눈으로 신지석을 바라보았다.

신지석은 이미 전의(戰意)를 상실한 얼굴이었다.

고정혁의 피로 입가심을 한 양동원은 굳이 신지석과 싸울 필요를 느끼지 못했다. 과거와 달리 지금의 양동원에게 신지석은 주머니 안에 들어 있는 동전과 같은 존재였다.

"피다."

"피? 설마 신인류의 피가……."

"그래, 인간의 피는 그저 배고픔을 느끼지 못하게 하지만…… 신인류의 피는 우리를 더 강한 존재로 만들어 준다."

"거, 거짓말. 신인류가 신인류의 피를 먹으면 죽는다……."

"죽어? 나를 봐. 지난 몇 달 간 신인류의 피만 먹었다. 오십 명이 넘어가면서부터는 숫자도 세지 않았지. 내가 죽은 사람으로 보이나?"

"그럴 리가…… 어째서……."

신지석은 애써 현실을 외면하려고 했다.

그러나 양동원이 그를 가만히 내버려두지 않았다.

"나는 축복을 받지 못한 신인류였다. 그러나 지금은 보다시피 너희들보다는 강하지. 내가 뭘 먹고 이렇게 강해졌다고 생각하나?

정 믿어지지 않으면 직접 시험해 보라고."

말과 함께 양동원이 고정혁의 몸을 휙 집어던졌다.

신지석은 고정혁의 몸이 바닥에 떨어져 다치지 않도록 조심스럽게 받았다.

"그놈은 내 도시락이지만 네가 원한다면 줄 수도 있다. 그럼 나는 이만 간다. 먹든지 데리고 가서 보살펴 주든지 알아서 해라."

양동원이 건물 아래로 훌쩍 몸을 날려 사라졌다.

홀로 남은 신지석이 품안에 잠든 고정혁을 내려다보았다.

고정혁은 전신 마취라도 당한 사람처럼 무기력하게 늘어져 있었다.

"고정혁 씨! 고정혁 씨?"

몇 번을 부르며 흔들어도 고정혁은 깨어나지 않았다.

그 와중에 고정혁의 손이 아래로 스르륵 흘러내렸다.

신지석은 무심코 그의 손을 잡았다.

믿어지지 않으면 시험해 보라던 양동원의 음성이 귓가에 울렸다.

솔직히 신인류의 피를 마시면 더 강해진다는 말은 이번에 처음 들은 것이 아니다. 얼마 전부터 신인류 사이에 그런 소문이 은밀하게 떠돌고 있었다. 다만 그렇게 하는 순간 신인류 전체의 적이 된다. 자신과 고정혁이 양동원을 잡으러 다닌 것도 그런 이유에서다.

그러나 더 강해질 수 있다면?

순혈에서 더 강해지면 진혈의 반열에 접어들게 된다.

어쩌면 진혈보다 더 앞선 경지로 나아갈 수 있을지 모른다.

양동원조차 어쩌지 못했던 자신과 고정혁을 생각하니 한심하기 짝이 없다.

'고정혁과 나는 오늘…… 죽은 거나 마찬가지다.'

신지석은 잠에 빠져 있는 고정혁의 손을 눈앞으로 끌어 왔다.

피를 빨리고 축 늘어진 고정혁을 보고 있자니 만감이 교차한다.

인간 도시락과 고정혁의 차이는 뭘까?

'신인류의 피를 흡혈하고도 죽지 않다니…… 게다가…….'

평범하던 신인류가 순혈보다 강하다?

신지석이 축 늘어져 있는 고정혁의 손목을 들어 올렸다.

신지석의 목울대로 마른침이 넘어갔다.

* * *

안상혁은 정착지의 입구에 관측소를 추가로 세웠다. 시야 확보를 위해서 만든 것으로, 강도단과 일반인을 구별하기 위한 용도였다. 그러나 정착지에 설치된 관측소와 전기 철조망은 인간에게나

통할 뿐이었다. 그것으로는 흡혈귀를 막을 수 없다. 흡혈귀의 도약력을 생각하면 3미터 높이의 전기 철조망은 아무것도 아니었다.

하지만 임지연 박사와 김미연 박사의 연구소는 손을 놓고만 있지 않았다. CCTV와 적외선 탐지기를 철조망 주변에 함께 설치했다. 관측소와 정착지 중앙에 있는 통제소는 CCTV와 적외선 감지기를 통해 실시간으로 정착지 주변을 감시할 수 있었다.

CCTV를 비롯한 여러 물품들은 모두 새로 만들어진 수송팀이 트럭을 이용해서 인근의 도시에서 가져온 것들이다. 전기가 사라지면서 전기 제품과 재료들은 사람의 관심에서 멀어졌고, 버려지다시피 한 그것들을 수거해 오기란 어려운 일이 아니었다.

수송팀의 트럭이 정착지와 중소 도시를 오가면서부터 정착지의 삶의 질은 높아졌지만, 위험도 그만큼 늘어났다. 풍요로운 정착지가 있다는 소문이 암암리에 경기도를 중심으로 퍼지자, 트럭의 뒤를 밟아 정착지를 점령하려는 강도단이 늘어났다.

일반인에게 어디 있는지도 모르는 정착지를 찾아 설원을 헤맨다는 건 생명을 담보로 한 위험한 일이다. 그러나 대부분의 강도단은 대박을 터뜨리기 위해 위험을 감수할 각오가 충분히 되어 있었다. 경기도에 자리 잡은 거의 모든 강도단이 트럭과 정착지를 노렸다.

수송팀의 물자 수집은 그런 위험 속에서도 하루도 빼놓지 않고 이루어졌다. 플라즈마 발전기로 인해 전기 제품이나 재료를 필요로 하는 사람이 많았다. 정착지 내에서 그런 사람들의 욕구를 충족시킬 수 있는 곳은 수송팀밖에 없었다.

수송팀의 지휘는 경비대 부대장 출신의 이영환이 맡았다. 그를 포함한 5명의 수송팀이 모두 강남 경비대 출신이라 팀워크도 잘 맞았다.

"다녀오겠습니다!"

조수석에 앉아 있던 이영환이 입구 초소의 경비조를 향해 손을 흔들어 보였다.

경비를 맡고 있던 남자들이 환하게 웃으며 마주 손을 들어올렸다.

트럭이 천천히 출입구를 빠져나갔다.

손을 흔들고 있던 두 남자가 황급히 바리케이드를 다시 설치했다.

정문이 완전히 봉쇄되자 두 남자는 초소 안으로 들어갔다.

남자들은 초소 안에 있는 두 개의 모니터 앞에 앉았다. 최근에는 바리케이드 좌우에 설치된 CCTV를 통해 정문의 상황을 훤히 들여다 볼 수 있었다.

두 남자는 익숙한 동작으로 모니터와 창밖의 풍경을 살폈다.

지루해서 농담을 하는 상황에서도 눈은 모니터에서 떼지 않았다.

몇 차례 강도단의 습격이 있은 뒤로 몸에 밴 행동이었다.

갑자기 초소 안에 설치된 스피커에서 잡음이 이는가 싶더니, 젊은 남자의 음성이 흘러 나왔다.

치지직—

“창열이 형, 여기 관측소인데요. 멀리서 사람들이 다가 오는 것 같습니다.”

남자, 김창열이 마이크를 잡았다.

“정말? 몇 명이나 되는데?”

“아직 확실히 모르겠는데…… 열 명은 넘어 보이네요?”

“지나갈 것 같냐?”

“우리 쪽으로 곧바로 오는 걸 봐서는 여기가 목표인 것 같아요.”

“무장은?”

“절반 정도가 무장한 게 보이네요.”

“열 명에 절반이면 강도단은 아니겠지?”

“모르죠. 10분쯤 후면 도착할 겁니다. 손님 맞을 준비 하세요.”

“오케이. 수고해라.”

“옙!”

그 말을 끝으로 관측소로부터의 통신이 끝났다.

초소와 관측소의 거리는 대략 20미터.

초소가 정문에 있다면, 관측소는 그 옆쪽으로 연방장의 중간쯤 되는 지점에 있었다. 정착지와 외부를 관측하기에 용이한 지점이다. 특히 길을 따라 오는 사람들은 초소보다는 관측소가 확인하는 게 더 빨랐다. 그래서 관측소에서 미리 정보를 제공해 주곤 했다.

김창열이 옆에 있는 박수홍에게 시선을 돌렸다.

"외부인은 일주일 만인가?"

"정확히 6일입니다."

"그래? 점점 주기가 짧아지는 것 같지?"

"그만큼 살기가 어려워졌다는 뜻이겠죠? 목숨 걸고 여기까지 찾아오는 걸 보면…… 그런데 우리가 얼마큼이나 외부인들을 받아 줄 수 있을까요? 무한대로 받아들일 수 는 없을 것 같은데……."

"지휘부 분들에게 생각이 있겠지. 그분들 올 때 됐으니까 오거든 물어보든지."

모든 통신은 지휘 본부로 동시 중계가 된다. 초소와 관측소 간의 통신을 들었을 테니, 곧 지휘부의 사람들이 내려올 것이었다.

제8화

흡혈귀 습격 대비 훈련

강유진과 안상혁, 박세기가 초소의 문을 열고 들어갔다.

초소 앞에는 어느새 10명의 자경단원들이 모였다. 제대로 된 무장은 물론 하나같이 신체 건강한 정예부대의 모습이다.

김창열이 강유진에게 목례를 해 보인 후 말했다.

"현재까지 관측소에서 확인한 숫자는 모두 11명입니다. 무장은 5명이 했고요. 그들의 주변은 깨끗합니다."

박세기가 한걸음 나서며 물었다.

"수송팀 트럭이 나간 지는 얼마나 됐나?"

"1시간이 지났습니다."

"어느 방향으로 갔지?"

"저 사람들과 반대쪽입니다."

"그래? 그렇다면 최소한 우리 쪽 트럭을 확인하고 온 건 아닌 모양이군. 알겠다."

곧이어 박세기는 초소의 경비조원과 동원한 분대원들에게 이런 저런 지시를 내렸다.

강유진과 안상혁은 한 걸음 뒤로 물러서 지켜보기만 했다.

두 사람은 정착지 전체가 휘말릴 정도의 대규모 전투 상황이 아니면 나서지 않았다. 지금 이 자리에 와 있는 것은 부대 운용을 점검하기 위해서다. 그게 아니었다면 지휘 본부에 그대로 남아 있었을 것이다.

지금 두 사람의 관심은 외부인보다는 자경단원들이 특정 상황에 제대로 대처하고 있는지를 관리 감독하는 것에 있었다.

그래서인지 박세기는 시험을 치르고 있는 학생처럼 잔뜩 군기가 들어가 있는 모습이다.

이 모두가 6일 전에 일어난 강도단의 기습 공격을 능률적으로 격퇴시키지 못했다는 자기반성에서 자청한 것이지만, 막상 두 사람의 시선을 의식하다 보니 필요 이상으로 몸에 힘이 들어갔다.

바리케이드 앞으로 일단의 사람들이 도착했다.

박세기가 김창열에게 주의를 주었다.

"김창열, 메뉴얼대로 해라. 어차피 저 사람들에 대한 조사는 지휘부에서 할 거니까. 친절하게 과정을 안내해 주고, 특이 사항만 보고해."

"예, 걱정 마십쇼."

김창열과 박수홍이 초소 문을 열고 밖으로 나갔다.

초소 앞에 모여 있던 10명의 자경단원은 이미 몸을 감춘 상태였다.

김창열이 바리케이드를 향해 다가갔다.

박수홍은 만일의 사태에 대비해 불청객들을 향해 총구를 돌렸다.

"정지! 더 이상 움직이지 마십시오! 고압 전류가 흐르고 있으니, 아무것에도 손을 대지 마십시오. 누구십니까?"

고압전류라는 말에 사람들이 잠시 웅성거렸다.

세상에서 전기가 사라진지 꽤 되었기에 놀란 것이다.

곧이어 무리 중에 50대 남자 하나가 앞으로 나섰다.

"안녕하십니까? 저는…… 응? 왠지 낯이 익은 것 같지 않은데…… 혹시 저 모르시겠습니까?"

남자의 말에 김창열이 차갑게 말했다.

"누군지 정체를 확실히 밝히지 않으면 곤란한 일을 당하게 될 수도 있습니다."

상대의 강경한 태도에 움찔 놀란 남자가 어색하게 웃으며 말했다.

"우리는 서울에서 피난 온 사람들입니다. 저는 재건 정부의 국방 위원 문정원이라고 합니다. 저 사람들도 대부분 재건 정부의 요인들입니다."

"여기는 무슨 일로 온 겁니까?"

"피난처를 찾아 떠도는 중입니다. 혹시 여기가 그…… 강유진 씨가 정착한 곳이 맞습니까?"

"그건 알려 드릴 수 없습니다."

김창열이 들고 있던 무전기를 입가에 대고 말했다.

"초소입니다. 피난처를 찾아 떠돌다가 왔다고 합니다. 어떻게 할까요?"

"일단 대표 한 사람만 초소로 보내봐."

"알겠습니다."

문정원은 놀란 눈으로 무전기를 사용하는 김창열을 바라보았다.

대체 건전지가 얼마나 많으면 초소에 무전기가 있을까?

김창열이 문정원에게 시선을 돌렸다.

"한 분만 저를 따라 안으로 갈 수 있습니다. 다른 사람들은 그 자리에서 기다려야 합니다."

"알겠소. 내 잠깐 가서 상황을 설명하고 오리다."

문정원이 무리들에게 돌아가서 뭐라고 말하는 가 싶더니 이내 돌아왔다.

김창열은 바리케이드를 조금 열어 그를 안으로 들어오게 했다.

초소 안으로 들어간 문정원의 얼굴이 환해졌다.

"아니, 박세기 대장님이 여기 계시다니…… 우리가 제대로 찾아 왔나보네. 박 대장님, 나 국방 위원 문정원올시다."

반갑게 인사하는 문정원과 달리 박세기의 표정은 무덤덤했다.

문정원이 위원회에 들어가게 된 건 박세기가 쫓겨나고 난 뒤의 일이었다. 박세기는 그의 얼굴만 대충 알고 있을 뿐, 그가 국방 위원이 된 것도 몰랐다. 안다고 해서 달라질 것도 없지만 말이다.

"국방 위원께서 여기에 계시면 서울은 누가 지킵니까?"

"아, 저, 그게…… 위원회가 해산됐소."

"해산이요?"

의아해하는 박세기에게 문정원은 재건 정부의 해체 과정을 들려주었다.

"그러니까 흡혈귀의 소행으로 보이는 일들 때문에 서울이 공황 상태에 빠지고, 그 일로 결국 재건 정부와 자경대까지 해체되었다는 말입니까?"

박세기는 어이가 없었다.

사회가 혼란에 빠지면 정부가 앞장서서 질서를 유지해 주어야 하는데, 아무래도 이들은 제대로 된 대응 한 번 하지 않고 바로 해체해 버린 것 같다는 느낌이 든다.

물론 그냥 느낌뿐이다. 그 자리에 있질 않았으니 사정이 어땠는지는 알 수가 없다.

도둑이 제 발 저린다고 문정원은 재건 정부의 해체를 변명하기 위해 흡혈귀로 인한 피해에 대해 더 자세히 늘어놓았다.

"흡혈귀는 정말 우리가 경험해 보지 못한 공포였습니다. 처음에 김소연 씨의 시체가……."

말을 하던 문정원이 무심코 강유진 쪽을 바라보았다. 그러고 보니 김소연이라는 여자가 강유진의 전처였다는 소리를 들은 것 같다.

강유진이 손을 들어 말을 끊었다.

"잠깐, 지금 누구라고 했습니까?"

강유진의 음성이 가볍게 떨렸다.

"저, 그게, 김소연 씨입니다. 강유진 씨의 전처라고 하더군요. 이런 말씀 전하게 돼서 송구합니다."

문정원은 강유진의 눈치를 살폈다.

이 정착지의 대표가 그인지라 신경이 쓰였던 것이다.

"그녀는…… 어떻게 죽었습니까?"

"놀라지 마시고 들으십시오. 시체가 집안에서 발견되었는데 몸에는 피가 남아 있지 않았습니다. 그리고 목이…… 잘려서 거실의 탁자 위에 놓여 있었다고 합니다."

"……."

묵묵히 듣고 있던 강유진이 갑자기 초소 밖으로 나갔다.

초소 안에 있는 사람들은 아무도 입을 열지 않았다.

문정원은 무거운 분위기에 눌려 눈치만 살폈다.

한참 만에 강유진이 초소로 돌아왔다.

"문정원 씨, 이곳에는 딸애가 있습니다. 나는 그 애가 엄마의 소식을 듣고 놀라지 않기를 바랍니다. 무슨 말인지 알겠습니까?"

"아, 예, 아무에게도 말하지 않겠습니다."

문정원을 지그시 바라보던 강유진은 다시 초소를 벗어났다.

기다려도 강유진이 돌아오지 않자 박세기가 입을 열었다.

"문정원 씨."

"예?"

"여기는 재건 정부니 뭐니 하는 거 없습니다."

"예……."

"만약 여기서 어떤 정치 조직을 만들면, 그 즉시 추방할 겁니다. 아시겠습니까?"

"예……."

문정원은 무조건 예라고 답했다.

지금은 이 정착지에 들어올 수만 있으면 된다. 나머지는 그때그때 상황을 봐서 풀어갈 일이었다. 어차피 처음부터 위원회의 일원이 된 것도 아니다. 김이수철의 도움으로 재건 정부 끝물에 들어가 국방 위원까지 됐다. 여기도 지금은 정착 초기라 조직이 없겠지만, 언제까지 그러란 법도 없다.

"그리고 이곳에서는 누구나 일을 하게 되어 있습니다. 문정원 씨와 다른 분들도 일을 배정 받게 될 겁니다. 은퇴할 나이가 아닌 사람은 모두 일을 해야 합니다."

"은퇴는 몇 살입니까?"

"숟가락 놓는 때가 은퇴할 때입니다."

"아!"

문정원이 어색한 미소를 지어 보였다.

박세기가 자리에서 일어났다.

"그럼 다들 들어오라고 하십시오. 바리케이드를 통과하면 우리 요원들이 식당으로 안내해 줄 겁니다. 그곳에서 쉬고 있으면 담당자가 가서 숙소와 규칙 등을 안내 해 줄 겁니다. 그리고…… "

박세기가 말을 끊고 문정원을 바라보았다.

"다시 한 번 주의 드리겠습니다. 앞으로 김소연 씨의 일은 입에 올리지 마십시오. 만에 하나 그 일로 정착지 내에서 불상사가 생긴다면…… 관계자 모두를 추방조치 할 것입니다. 아시겠습니까?"

"저어, 불상사라고 할 만한 일이 뭔지……."

따라 일어나던 문정원이 궁금하다는 듯 물었다.

"간단히 정리해 드리죠. 만약 강 선생님의 가족이 그 말을 듣고 충격이라도 받게 되는 날이면, 관련자를 모두 추방할 겁니다. 그러니 신경 써서 입단속을 해 주시기 바랍니다."

"아, 예. 꼭 그렇게 하겠습니다."

문정원이 대답하자 박세기가 안상혁에게 고개를 돌렸다.

다른 할 말이 있는지 확인하는 것이다.

안상혁이 할 말이 있다는 듯 손짓을 보냈다.

그런 안상혁의 신호에 박세기가 자연스럽게 한 걸음 비켜섰다.

"그런데 문정원 씨, 귀하의 일행은 어떻게 이곳까지 올 수 있었던 겁니까?"

"예? 무슨 말씀이신지?"

"여기를 어떻게 알고 찾아 왔냐고 묻고 있는 겁니다."

"아, 그건…… 전차 바퀴 자국을 보고 따라와 본 것입니다. 거왜 있지 않습니까? 캐터필러라고 무한궤도 차량의 바퀴 자국 말입니다. 다행히 지난 며칠간 눈이 내리지 않아서 덜 헤맸던 것 같습니다. 걷기도 편하고 해서, 바퀴 자국을 따라 걷다 보니 여기까지 오게 된 것입니다."

"그랬군요. 알겠습니다."

안상혁이 고개를 끄덕이자 박세기가 문정원을 내보냈다.

문정원이 나가자 박세기가 안상혁에게 말했다.

"역시 그 바퀴 자국이 문제로군요. 해결 방법을 찾지 않으면 강도단은 물론 흡혈귀까지 쉽게 우리를 찾아올 것 같습니다."

"지금으로서는 수송팀의 활동을 제한하는 것 외에 다른 방법이 없는 것 같습니다. 그래도 눈이 내리면 흔적이 묻히니 큰 문제는 없을 겁니다."

"그렇기는 하지요."

박세기도 안상혁의 의견에 동감을 표시했다.

새 정착지에는 공장과 같은 생산 설비 시설이 없다. 당연히 기본적인 재료들은 외부에서 조달해야 한다. 그 일을 전담하고 있는 곳이 수송팀이다. 수송팀이 움직이지 않으면 정착지 개발도 자연 멈추게 된다. 정착지 개발이 멈추게 되면 사람들만 괴롭다.

안상혁은 뒷일을 박세기에게 맡기고 어디론가 사라졌다.

강유진을 찾아가는 것이다.

대략 30분 정도 부대를 뒤지고 다니던 안상혁은 식당 뒤편의 산등성이에서 우두커니 서 있는 강유진을 발견할 수 있었다.

"형님, 괜찮으십니까?"

"왜?"

"뜻밖의 소식으로 마음이 상하신 것 같아서요."

"그녀는…… 좋은 사람이었어. 나에게 상처도 줬지만, 고마운 기억이 더 많아. 헤어졌지만 그녀가 행복하게 살기를 바랐어. 좋은 남자를 만나 새로운 가정을 꾸리고 살았으면 좋겠다고 늘 생각했지. 그렇게 목이 잘려서 죽을 정도로 나쁜 여자가 아니야. 그 여자는…… 그렇게 죽어서는 안 되는 여자였다고……."

"……."

"어떻게든 설득해서 데리고 나왔어야 했나? 그랬다면 죽지 않았겠지? 내 잘못이야……."

"형님, 사람이 미래를 알 수는 없습니다. 그분이 원해서 남았던 겁니다. 형님 곁에서는 그분도, 임 박사님도 새로운 기회를 얻기 어려웠을 겁니다."

"……."

강유진은 허공을 응시했다.

그의 말이 옳다. 새로운 삶을 살기 위해서 자신과 거리를 두었을 것이다. 그걸 알면서도 그녀의 죽음이 자신의 책임이라는 생각이 자꾸 들었다.

"흡혈귀가 목을 자른다는 이야기는 들어 본 적이 없다. 그녀의 목을 자른 건…… 흡혈귀가 아닐 수도 있어. 만약 정말 흡혈귀의 짓이라면 그건 어쩌면……."

흡혈귀를 장우석이 만든 것이라면 복수일지도 모른다.

복수.

분노가 치밀어 오른다.

"감히…… 그 쓰레기 같은 놈이…… 고작 흡혈귀 따위로……."

마음 같아서는 당장 서울로 달려가 흡혈귀들을 모두 쳐 죽이고 싶다. 정착지를 떠날 수 없는 상황만 아니라면 벌써 달려갔을 것이다.

"지킬 게 많은 사람은 참 불편한 것 같아. 속이 부글부글 끓어도 지금 당장은 어떻게 할 수가 없어. 그래서 더 화가 난다."

"……."

안상혁은 아무런 말도 하지 못했다.

정착지의 안전을 위해서라도 강유진은 떠나면 안 된다. 흡혈귀만 아니라면 경비대만으로 어떻게 해볼 수 있다. 그러나 흡혈귀가 문제다. 그들은 인간의 힘으로 감당할 수 없는 존재였다.

"하다못해 살던 집이라도 정리해 주고 싶은데……."

잠시 생각하던 안상혁이 입을 열었다.

"형님, 너무 속상해 하지 마십쇼. 불가능한 일도 아닙니다."

"가능하다고?"

"예, 정착지 사람들이 조금만 불편을 감수하면 됩니다."

"어떤 방법인데?"

"기지 안쪽에 바위 절벽을 깎아 만든 창고가 있지 않습니까?"

"응."

강유진이 고개를 끄덕였다.

"그 창고를 이용하면 됩니다."

"설마, 거기에 사람들을 모아 두자고?"

"그 강철문의 두께라면 흡혈귀도 뚫지 못할 겁니다. 형님이 아니라면 아무도 열 수 없습니다. 환기장치 달면 하루 정도 생활하는 데 문제는 없을 겁니다."

"가능이야 하겠지만……."

강유진은 아무래도 조금 내키지 않는 얼굴이다. 자신의 개인적인 일을 위해 정착지 사람들을 전부 창고에 보낸다는 게 미안했던 것이다.

"형님, 서울에 있는 흡혈귀들의 숫자를 줄여야 시민들이 살 수 있습니다. 형님의 서울 방문은 개인적인 이유라고 하지만, 달리 보면 서울 시민들을 위하는 일이기도 합니다. 정착지 사람들이 조금 답답한 것으로 수만 명의 목숨을 구할 수 있다면, 열 번인들 못 하겠습니까?"

"……."

서울 시민들을 위해 흡혈귀를 없애야 한다는 말에 강유진의 마음도 조금 가벼워졌다.

그건 안상혁의 말이 맞다. 지금 이대로라면 서울 시민들은 흡혈귀의 식량이 될 뿐이다.

"우리에게 설상차가 있으니까, 서울까지 왕복하는 데 5시간 정도면 충분할 겁니다. 아침에 출발하면 늦은 밤에는 돌아올 수 있습니다. CCTV를 창고 안에서 볼 수 있게 하면 실시간으로 정착지 전체의 상황을 확인하여 위험에 대처할 수 있습니다. 흡혈귀들이 잠입한다고 해도 창고의 두꺼운 강철문이라면 형님이 돌아올 때까지 충분히 버텨줄 겁니다."

"그럼 그렇게 해보자. 어디까지 터질지는 모르지만 임 박사님에게 차량에 간단한 무선 통신 시설을 달아 달라고 해라. 그리고 네가 말한 CCTV도 창고 안에서 확인할 수 있게 설치해 달라고 해. 철문의 구멍은 내가 다시 매워 줄 테니까, 내부에서 어떤 식으로 잠글지 연구해 보고. 모든 게 다 갖춰지면 바로 떠나야겠다."

"형님, 저와 명석이가 동행하도록 하겠습니다. 설상차 운행과 관리도 그렇고, 형님이 강남에서 일을 보는 동안 설상차를 지키는 데 혼자서는 무리일 것 같습니다."

"우리가 다 떠나면 여기는?"

"어차피 모두 창고에 들어갈 테니까, 박세기 경비 대장이 혼자서 감당할 수 있을 겁니다. 외부에는 한 사람도 남겨두지 않을 생각이니까요."

"초소까지 다 비운다고?"

"예, 전기철조망으로 충분합니다. 어차피 누가 들어온다 해도 가져갈 게 없지 않습니까? 중요한 건 다 그 창고 안에 있습니다."

"허기사, 요즘 세상에 먹을 거 빼고는 다 쓸모가 없지."

아직 비닐하우스에는 씨앗도 뿌리지 않았다. 그러고 보니 어찌어찌 강도단이 들어온다 해도 가져갈 게 없었다.

준비가 갖춰진 건 그로부터 사흘 뒤다.

물론 차량에 무선 장비를 설치하고, CCTV를 다는 건 하루 만에 끝났다. 나머지 이틀 동안 임지연 박사는 플라즈마 발전기의 정지 작업을 진행했다. 그녀는 강유진이 서울에 간 동안 아예 정착지의 전기시설을 먹통을 만들 생각이었다. 혹시라도 외부인이 왔다가 발전 설비들을 들고 나가거나, 정착을 시도할 가능성이 있다는 이유에서다. 사실 플라즈마 발전기만 정지하면 정착지는 그저 버려진 병참기지에 불과했다.

대신 임지연 박사는 암벽의 창고에 초소형 플라즈마 발전기—정령의 에너지를 규명하기 위해 초기에 제작했던 모델이다—를 장착해 난방과 전기 시설을 사용할 수 있게 만들었다. 덕분에 정착지의 전기가 끊어진 뒤에도 CCTV를 비롯한 창고내부의 전기시설은 이상 없이 작동했다.

창고 앞쪽의 비상식량은 모두 뒤쪽으로 밀어 넣은 뒤에 가벽을 세워 막았다. 그러자 대략 200명이 들어갈 수 있는 공간이 만들어졌다.

이른 새벽, 박세기 경비 대장은 정착지 내의 사람들을 인솔해 창고 안으로 들어갔다.

아무런 설명도 없었지만, 대부분의 사람들은 거부감 없이 박세기의 지시를 따랐다.

마지막으로 합류한 강남 상류층 출신의 11명이 주변 사람들을 잡고 "지금 무슨 일이 일어나고 있는지?"를 물어보는 등 약간의 소란이 있었지만, 그것도 이내 수그러들었다.

박세기는 창고 문을 잠근 뒤 사람들을 향해 돌아 섰다.

"지금부터 간단하게 오늘 하루의 일정을 설명해 드리겠습니다. 새벽부터 갑자기 창고에 모이게 해서 많이 놀라셨을 줄 압니다. 우리가 들어와 있는 곳은 바위 절벽을 깎아 만든 군수품창고입니다. 출입구는 보셨다시피 20센티미터가 넘는 강철 문 하나입니다. 이 문을 부수지 않는 한 누구도 안으로 들어오거나 나갈 수 없지요."

"……."

사정을 모르는 사람들이 놀란 눈으로 박세기를 바라보았다. 갑자기 이런 피난처에 사람들을 모은 이유가 궁금하다는 얼굴들이다.

"지금 바깥세상에는 흡혈귀들이 돌아다니고 있습니다. 그들의 신체 능력은 인간보다 월등하게 뛰어나서, 어떤 놈들은 총으로도 상대할 수 없을 정도입니다. 당연히 성수나 마늘, 십자가는 통하지도 않습니다. 최근에 강남에서 탈출한 분들이 목격한 게 사실이라면…… 서울은 이미 그들의 수중에 떨어졌습니다."

…….

172명의 사람들은 숨소리도 크게 내지 않고 다음 말을 기다렸다.

박세기는 잠시 숨을 고른 뒤에 마무리 발언을 했다.

"우리는 지금 흡혈귀의 습격에 대비해 피난 및 생존 훈련을 하고 있습니다. 정착지에서 이 장소가 가장 안전합니다. 지금부터 우리는 안전한 실내에서 CCTV를 통해 정착지를 지켜볼 것입니다. 훈련에 소요되는 시간은 대략 12시간입니다. 지금이 오전 7시이니, 저녁 7시 즈음에 훈련이 끝날 예정입니다. 현재 강유진 선생님의 팀이 정착지 주변 지역을 순찰하고 있습니다. 그분들이 돌아오면 훈련 상황도 끝나게 됩니다. 다소 불편하시더라도 모두 적극적으로 훈련에 참여해 주시면 감사하겠습니다. 이상입니다. 질문 있습니까?"

문정원이 급히 손을 들었다.

박세기가 말하라는 듯 고개를 끄덕였다.

"이곳에서 자유롭게 시간을 보낼 수 있습니까?"

"그렇습니다. 난방과 환기시설이 갖추어져 있고, 물과 식량도 있으며, 뒤쪽에는 이동식 화장실까지 있습니다. 여러분은 그냥 쉬기만 하면 됩니다."

"한 가지 더 있습니다. 강유진 선생의 팀이 근처를 순찰한다고 하셨는데, 그게 12시간이나 소요됩니까? 오갑산을 한 바퀴 돈다 해도 2~3시간이면 충분 할 것 같은데요?"

"오갑산뿐 아니라, 서울의 상황까지 점검하고 돌아올 예정입니다."

"서울까지는 조금 위험한 것 아닙니까? 우리 정착지와 직접적인 관계가 없는 곳인데……."

박세기가 복잡한 표정으로 문정원을 바라보았다.

이제 고작 3일 밖에 안 된 사람이 벌써 원주민 행세를 하고 있다는 느낌이다.

"지도부에서 결정한 일입니다."

박세기는 그를 위해 길게 설명해주고 싶지 않았다. 백번 양보해도 재건 정부의 국방 위원이었다는 사람이 할 소리는 아니었다.

'한국인들은 지지리 복도 없지…….'

과거나 지금이나 한국의 정치인들은 변함이 없다.

빨리 적응하고, 빨리 잊고, 오직 제 이익만을 추구하면서 그것이 대의(大義)인 척 한다.

"그래도 그렇지…… 잘 모르시는 모양인데, 우리도 설상차의 캐터필러 자국을 따라 이곳에 왔습니다. 서울에는 절대 가면 안 됩니다. 그랬다가는 흡혈귀들에게 이곳을 안내해주는 일 밖에 되지 않습니다. 우리의 소중한 이 정착지도 제2의 서울이 되고 말거라 이 말입니다!"

두려움과 긴장 속에서 문정원의 음성이 높아졌다.

"……."

박세기는 묵묵히 문정원을 바라보았다.

그는 아직 강유진이 어떤 존재인지 모른다. 만약 알았다면 저런 시건방진 소리는 하지 못했을 것이다.

박세기가 잠잠하자 문정원은 자신의 말이 먹혀들었다고 착각했다.

"순찰을 오갑산 일대로 한정지어야 합니다. 강유진 선생의 팀에게 무전을 보내세요. 그 사람들이 오갑산을 벗어나면 절대 안 됩니다. 그때는 정말 큰일 납니다."

문정원의 말이 끝나자 박세기가 낮고 분명한 어조로 말했다.

"문정원 씨, 당신은 지도부입니까?"

"아닙니다만."

"그런데 왜 지도부의 결정에 반대를 하십니까?"

"아니, 나는 단지 상식적으로 볼 때 서울행은 너무 위험하니까……."

"정착지의 생활 규범을 어길 생각이라면 떠나십시오. 말리지 않겠습니다."

"……."

갑작스러운 박세기의 말에 문정원은 멍한 얼굴이다.

그러나 이내 정신을 차린 문정원이 억울하다는 듯 말했다.

"저도 정치에 입문한 사람으로 지도부의 방침을 거스르면 안 된다는 것은 잘 알고 있습니다. 그래도 건전한 상식이 통하는 사회가……."

"지도부의 결정을 따르지 않겠다면 나가 주십시오. 그것이 우리 정착지의 기본적인 규칙입니다."

"누가 따르지 않겠다고 했습니까? 무슨 말만 하면 나가라니…… 너무한 것 아닙니까? 이래서야 어디 무서워서 말 한 마디 할 수 있겠습니까?"

문정원은 누가 봐도 흥분한 얼굴이다.

그런 그가 걱정이 됐는지 강남에서 함께 나온 사람들이 좌우에서 문정원의 팔을 잡아끌었다.

"문 의원님, 그만 참으세요."

"네, 고정하세요. 그러신다고 될 일도 아니고……."

만류하는 사람들의 말에도 박세기를 향한 불만이 녹아 있었다.

그들이 볼 때 문정원의 말이 백번 옳았다.

설상차가 서울까지 가는 것은 너무 위험한 일이다. 게다가 그 위험은 그들에게만 국한되지 않는다. 설상차의 흔적을 따라 흡혈귀가 정착지에 올 수도 있다. 문정원과 함께 온 사람들은 —자신들도 그렇게 해서 이곳까지 올 수 있었기에— 더욱 민감하게 반응했다.

소란은 곧 가라앉았다.

전부 11명에 불과한 문정원과 그의 일행은 아무런 힘도 가지지 못했다.

겉으로 보기에는 그랬다.

그러나 문정원의 이의 제기는 보이지 않게 사람들의 마음을 흔들었다.

강유진과 함께한 시간이 많았던 사람들은 문정원의 말을 귀담아 듣지 않았다.

하지만 2차로 합류한 백여 명의 사람들은 달랐다. 그들 중 상당수는 문정원의 지적이 옳다고 믿었다. 아직 정착지의 분위기를 완전히 파악하지 못한 탓에 밖으로 드러내지는 못했지만 말이다.

더 이상 다른 말이 없자 사람들은 삼삼오오 흩어졌다.

박세기는 CCTV와 연결된 모니터 앞에 털썩 주저앉았다.

이제 겨우 30분이 지났건만 족히 30시간은 지난 느낌이다.

박세기는 아무런 움직임도 보이지 않는 화면을 보며 생각했다.

'안상혁이라면 어떻게 했을까?'

그라면 저 닳고 닳은 정치인을 잘 요리할 수 있었을지도 모른다.

사람들의 얼굴에 떠오른 의아함과 불만을 읽을 수 있었다.

지금은 자신이 지도부의 권위로 그를 굴복시켰다. 덕분에 조용히 넘어갔지만 분위기는 자신과 지도부에 우호적이지 않았다.

어쩌면 모두가 자신의 어수룩함 때문에 생긴 일인지도 모른다.

'제길, 내가 갔어야 하는데…….'

자신은 현장이 체질에 맞다.

불만 가득한 사람들 속에 덩그러니 남겨지자 그런 생각이 더 깊어졌다.

우두커니 앉아 있는 박세기에게 임지연 박사가 다가갔다.

"무슨 생각을 그렇게 하세요?"

"아, 내가 설상차를 운전할 걸 하는 생각을 잠깐 했습니다. 저는 몸으로 뛰는 체질인지라…… 이렇게 앉아서 모니터를 보는 일은 맞지가 않는 것 같습니다."

"조금 쉬어 간다고 생각하세요. 너무 힘들게 몰아붙이면 몸이 견디질 못한 답니다."

"저도 그렇게 생각하려고 애쓰는 중입니다."

"후훗!"

임지연 박사가 실소를 흘렸다.

확실히 박세기와 내근직은 어울리지 않는다.

그런데 강유진은 무슨 생각으로 박세기를 남겨 놓았을까?

"훈련장 분위기가 좀 시원치 않죠?"

"……."

박세기의 자조적인 말에 임지연은 아무런 말도 하지 못했다.

확실히 문정원의 일이 있은 뒤로 정착지는 전과 달리 조금 서걱거리는 느낌이다.

그래도 그런 일로 신경 쓸 생각은 없다.

어차피 이 기묘한 공동체의 운명은 오직 한 사람, 강유진에게 달려 있다. 비상식량은 물론 비닐하우스를 통한 농작물의 재배에서 전기 생산까지 모두 그의 작품이다.

"외부에서 유입되는 사람들이 늘어날수록 저런 일은 더 자주 생길 거예요. 그러니 신경 쓰지 마세요. 문제를 일으키면 규칙대로 하면 돼요."

"혹시 지금까지 추방당한 사람이 있습니까?"

"아직 없어요."

강유진의 그림자만 봐도 절을 할 기세인데 감히 규칙을 어기다니? 그런 일은 상상할 수도 없었다.

"휴! 분위기를 보니 조만간 일이 터질 것 같습니다. 불쌍한 사람들 같으니……."

박세기는 말끝에 '쯧쯧' 하고 혀를 찼다.

분노보다 동정이 앞서게 되는 것은 그만큼 강유진의 힘이 절대적인 까닭이다.

CCTV가 제대로 작동하는 것을 확인한 임지연은 이내 여자들이 모인 곳으로 자리를 옮겼다.

문정원과 강남에서 온 남자들은 한동안 머리를 맞대고 뭔가 상의하는가 싶더니 곧 뿔뿔이 흩어졌다.

흩어진 남자들은 쉬지 않고 사람들을 만나고 다녔다.

창고 안이 넓다고 해도 하나의 공간이다.

당연히 그런 남자들의 행동은 곧 박세기의 눈에 띄었다.

모니터를 응시하고 있던 박세기가 혼잣말처럼 중얼거렸다.

"에휴! 건설적인 일을 그렇게 하지. 시키지 않아도 열심히 자기 무덤을 파는구나."

"뭐라고 하셨어요?"

수송팀의 팀장 겸 자경단의 부단장인 이영환이 박세기를 힐끔 바라보았다.

"며칠 전에 입주한 문정원과 그 일행들 알지?"

"네."

"잘 지켜봐라. 무슨 허튼 짓거리 하지 않는지."

"아! 또 강남처럼 뭔가 만들어서 한 자리씩 차지하려고 하나 보죠?"

"어? 어떻게 알았어? 너 눈치 빠르다?"

박세기의 말에 이영환이 어깨를 으쓱해 보였다.

"뻔하죠. 원래 정치인들이 남에게 지시를 받으면서는 못 살잖아요. 자기들이 위에서 이래라 저래라 명령하면서 살아왔는데…… 여기서는 그럴 수 없으니까."

"그래, 뭘 해도 좋은데…… 쿠데타 같은 미친 짓이나 꾸미지 않았으면 좋겠다."

박세기는 강남에서 김지원 전위원장에게 한번 데인 경험이 있다. 그래서 지금도 문정원이 무장 반란을 일으킬까 봐 은근히 신경 쓰고 있었다.

"설마요? 그 사람들도 이곳 분위기는 어느 정도 알 텐데."

"원래 선불리 알 때가 제일 무서운 거야. 뭣도 모르면서 계획이라는 걸 세우게 되거든. 일단 일이 터지면 눈 먼 총에 누가 맞을지 몰라. 그런 일이 생기면 우리 같은 경비대 지휘관들이 항상 첫 번째 타겟(target)이 된다고. 그러니까 정신 차리고 이상한 낌새가 보이면 바로 보고해."

"예, 알겠습니다."

이영환이 심각한 얼굴로 고개를 끄덕였다.

그러고 보니 김지원 위원장이 제일 먼저 제거한 사람이 자경 대장이었다. 박세기 대장도 그때 죽을 고비를 넘겼다.

뒤늦게 사태의 심각성을 깨달은 이영환이 조용히 사라졌다.

* * *

매서운 바람이 설원 위를 쓸고 지나갔다.

하얀 눈밭 위로 검은 점들이 꾸물꾸물 움직이고 있었다.

어딘가로 이동 중인 사람들이다.

"헉, 헉, 이러다가 다 죽겠다."

조민우가 절망 어린 음성으로 중얼거렸다.

조금 뒤처져 있던 박하늘이 이를 악물고 소리쳤다.

"형! 아무래도 더 못 움직일 것 같아! 쉴 곳을 좀 찾아봐요!"

"젠장! 사방이 눈밭이다! 쉴 곳이 없어!"

"그래도 이대로는 안 돼! 사람들이 걷지도 못해! 아무 데라도 좀 찾아봐요!"

"야! 그 아무거나, 아무 데나라는 말이 제일 짜증나는 말인 거 알지?"

조민우가 사방을 둘러보았다.

이천 근방이라 그런지 멀리 보이는 낮은 설산을 빼면 전부 허허벌판이다.

아무리 봐도 바람을 막을 자리가 없다.

"야! 적당한 곳이 안 보인다. 이글루라도 지어야 하는 거 아냐?"

한석기가 진담인지 농담인지 모를 소리를 했다.

선두가 망설이자 아홉 명의 일행들은 곧 한자리에 모이게 됐다.

아이들과 여자들은 말할 기운도 없는지 그저 덜덜 떨기만 했다.

무리의 리더인 조민우의 입에서 한숨이 흘러 나왔다.

'하아! 큰일이로군.'

이대로라면 모두가 동사(凍死)를 한다 해도 이상하지 않다.

'괜히 떠났나…….'

위기를 맞게 되자 서울에 남을 걸 하는 후회가 밀려온다.

이제는 돌아갈 수도 없다.

말 그대로 가다가 죽든지, 목적지에 도착해서 살든지 둘 중 하나다.

"형, 우리가 어디쯤 온 걸까?"

"글쎄, 이천 어디쯤 같기는 한데…… 솔직히 모르겠다. 눈에 덮여서……."

길은 물론 들과 하천이 눈에 덮여 위치를 파악하기가 어려웠다. 그나마 간간이 부서진 이정표를 만나지 못했다면 여기가 이천이라는 것도 몰랐을 것이다.

한석기가 조심스럽게 물었다.

"하늘아, 화력탄은 얼마나 남았지?"

"왜요? 여기서 피워 보게요?"

"움직이지 않으려면 불이라도 피워야지. 이대로 가만히 있다가는 동상에 걸리고 만다고. 불 피울 게 아니면 바로 움직이고. 민우야, 어떻게 할 거야?"

박하늘과 한석기가 거의 동시에 조민우에게 시선을 돌렸다.

대답을 기다리는 얼굴들이다.

하지만 조민우는 쉽사리 대답하지 못했다.

'남아 있는 화력탄의 양을 생각하면 움직여야 하는데…….'

그러나 다들 지쳐서 한 걸음도 떼기 어려운 얼굴들이다.

'안 된다. 열이 보존되지 않는 이런 곳에서 불을 피운다는 건 낭비일 뿐이다.'

어찌어찌 불을 피운다 해도 효과는 미미할 것이다. 아주 적은 양을 사용할 것이기 때문이다.

그렇다고 가만히 있을 수는 없다. 한석기의 말마따나 동상의 위험이 있다. 치료를 받을 수 없는 지금의 상황에서 동상은 사망으로 직결된다.

암울한 눈으로 일행을 살피던 조민우가 머리를 홰홰 돌리며 말했다.

"들어봐, 무슨 소리 안 들려?"

"뭐?"

"무슨 소리요?"

…….

조민우의 손짓에 사람들은 숨소리조차 내지 않았다.

만에 하나 강도단이 내는 소리라면 모두 죽임을 당할 수도 있으니 당연하다.

드르르르.

어쩐지 귀에 익은 기계음이다.

조민우가 고개를 갸웃 거렸다.

이런 기계음을 몇 년 만에 듣는지 모른다. 이제는 이게 기계음인지 환청인지 구별이 가지 않을 정도다.

"내가 잘못 듣고 있는 건가? 기계음 같은데?"

"형, 이거 장갑차 소리 아냐?"

박하늘의 말에야 조민우는 혼자만 들은 게 아님을 알고 안도의 숨을 내쉬었다.

"그렇지? 뭔가 묵직한…… 마치 탱크 같기도 하고……."

하지만 그럴 리 없다는 생각에 머리를 세차게 흔들었다.

"이 시대에 탱크가 굴러다닐 리가 없잖아? 자전거라면 모를까?"

"야, 무슨 자전거가 저런 소리를 내냐?"

한석기가 가볍게 핀잔을 줬다.

문명이 사라진 시대라 그런지 기계음은 유달리 귀에 잘 들렸다.

"점점 커지는 거 보니까 이쪽 방향으로 오는 모양인데?"

조민우가 한석기와 박하늘을 번갈아 바라보았다.

숨어야 할지, 그냥 두고 봐야 할지 판단이 서질 않았던 것이다.

한참 만에 박하늘이 입을 열었다.

"형, 나는 강도단이 장갑차 가지고 다닌다는 소리를 들은 적이 없어. 저런 거 굴릴 기름이 있으면 그게 강도단이야? 국가지?"

"숨지 말자고?"

"숨을 데도 없잖아."

한석기가 고개를 주억거렸다.

"하긴, 숨을 데도 없다."

사방이 확 트인 벌판에서 어디에 숨는단 말인가? 그런 곳이 있다면 진즉에 쉼터로 사용했을 것이다.

곰곰이 생각하던 조민우가 중얼거렸다.

"얼어 죽거나, 강도단에 살해되거나, 구조되거나…… 셋 중 하나겠지? 기다려 보자."

"……."

한석기와 박하늘이 고개를 끄덕였다.

운명의 신이 여기에 무엇을 준비해 놓았는지 몰라도 피할 길은 없어 보였다.

드르르륵—

소리가 가까워짐에 따라 기계음의 정체도 드러났다.

그건 탱크도 장갑차도 아니었다.

조민우와 한석기, 박하늘의 입이 쩍 벌어졌다.

캐터필러로 빠르게 다가오고 있는 것은 뜻밖에도 군용 트럭이었다.

드르르륵.

빠르게 지나쳐 갈 것 같던 군용 트럭이 멈춰 섰다.

…….

조민우와 그 일행은 멍한 얼굴로 트럭을 바라보기만 했다.

그들은 이질적인 트럭의 모습에—마치 과거와 현재가 섞인 것 같았다— 구조 신호를 보내야 한다는 것도 잊고 있었다.

덜컹.

조수석의 문이 열리는가 싶더니 한 사람이 고개를 내밀었다.

"박하늘! 추운데 어딜 돌아다니냐?"

최명석이다.

추위와 긴장으로 잔뜩 얼어 있던 박하늘의 얼굴이 환하게 살아났다.

"명석 형! 우리 좀 살려줘!"

제9화

초특급 울트라 신인류

조민우를 포함한 아홉 명의 피난민은 차량호로가 쳐 있는 트럭 적재함에 올라탔다. 계획대로라면 정착지로 가야 하지만, 이들과 헤어지면 객사(客死)할 상황인지라 그냥 동행하기로 한 것이다. 서울로 되돌아가는 해괴한 상황이 되었지만 다들 불만은 없었다. 목적지까지 가는 가장 안전하고 확실한 방법을 찾은 탓이다.

조민우는 한쪽 벽에 등을 기대로 길게 다리를 뻗었다.

눈 위를 달려서 그런지 생각보다 진동이 심하지 않았다.

캐터필러의 소음이 귀에 거슬렸지만 참지 못할 정도는 아니었다.

지붕과 벽은 국방색의 천막이 처져 있어 실내의 온도를 어느 정도 유지시켜 주고 있다.

이 정도 환경이라면 그냥 옆 사람의 체온에 의지해서 눈을 붙여도 될 정도다.

그런데 트럭 내부는 체온에 의지하지 않아도 될 정도로 따스했다.

조민우의 눈이 운전석과 이어진 벽면의 하단부로 향했다.

전쟁 전에 삼겹살을 구워 먹던, 철망으로 입구를 봉한 사각의 틀에서 쉬지 않고 뜨거운 바람이 밀려나오고 있었다.

믿어지지 않지만 히터다.

적재함에 사람이 탈 때를 대비해 히터를 연결해 둔 모양이다.

출발 전에 최명석은 "적재함이 건조해서 눈이 빡빡해지면 천막을 열어 환기를 하라"고 했었다.

처음에는 그게 무슨 소린가 싶었는데 이제는 알 것도 같다.

얼어 죽을 상황에 있던 사람들이, 단지 환기를 위해 외부의 차가운 공기를 끌어들이는, 호사를 누리게 된 것이다.

"정착지에 유류창고가 있었나 보네."

조민우는 그렇게 밖에 생각 할 수 없었다.

박하늘이 고개를 주억거렸다.

"군부대라고 들었는데, 군에서 회수하지 못한 기름이 있었나 보죠."

"운이 좋은 사람들이야. 기름이라면 씨가 마른 세상인데."

문득 실내를 살피던 한석기가 놀란 얼굴로 말했다.

"저거 전투식량 박스 아니야?"

조민우과 박하늘의 눈이 한석기의 손끝을 따라 갔다.

한쪽에 라면 박스 크기의 종이 박스가 다섯 개 정도 쌓여 있다.

박스의 한쪽 면에 찍혀 있는 글자는 전투식량.

그런데 저렇게 많은 양의 식량상자라니?

조민우가 박하늘을 발로 툭 건드렸다.

"왜요?"

"최명석에게 얘기 좀 해봐, 먹어도 되냐고."

"그럴까요?"

박하늘은 몸을 사리지 않았다.

가족들의 열망이 담긴 시선을 외면할 수가 없었던 것이다.

그런데 어떻게?

박하늘이 어정쩡한 자세로 서서 머리를 긁었다.

조수석에 있는 최명석에게 의사를 전달할 방법이 없다.

운전석과 적재함이 분리되어 있는 상황에서 캐터필러의 소음까지 겹쳐 대화가 불가능 했다.

"일단 좀 먹어도 될 것 같은데요. 어차피 우리도 같이 움직이기로 했으니까……."

허락을 받지 않고 남의 식량에 손을 댄다는 게 조금 마음에 걸렸지만, 일행으로 받아들였으니까 그 정도는 이해해 줄 것이다.

"형, 새 박스는 건드리지 말고…… 뜯어 놓은 것에서 먹는 거 어때?"

박하늘의 말에 조민우가 고개를 끄덕였다.

"그럴까? 그럼 일단 급한 불을 끄고 보자."

말과 함께 조민우가 박스를 하나 골라 풀어 헤쳤다.

그리고 아까부터 기다리고 있던 사람들에게 하나씩 나눠 주었다.

아이들 중 하나가 음식을 먹으며 제 엄마에게 말했다.

"엄마, 이러고 있으니까 캠핑 가는 것 같아."

"그래?"

여자가 피식 웃었다.

외상 후 스트레스 장애(post traumatic stress disorder, PTSD)라는 게 있다. 사람이 전쟁, 고문, 자연재해, 사고 등의 심각한 사건을 경험하면, 그 뒤에도 공포감 속에서 계속 고통을 느끼게 된다. 대부분 그런 상태에서 벗어나기 위해 발버둥을 친다.

그런데 이곳에 있는 아이들은 해맑기만 하다. 그건 어른도 마찬가지다. 과거 예민하고 까다로운 사람도 지금은 덤덤하다. 자신만 해도 신경이 예민하기로 소문난 사람이었다. 그러나 지금은 흔하게 볼 수 있는 억척스러운 아줌마다. 오히려 주변이 평화스러우면 불안하기까지 하다. 이런 게 인간의 적응력이라는 걸 게다.

"엄마 왜 웃어?"

"응? 그냥 니가 좋아서."

"나도 엄마가 제일 좋아."

자신의 딸도 문명이 사라진 야생의 생존 방식에 적응을 한 것일까?

이내 아이들끼리 한군데 모여서 전투식량을 파먹기 시작했다.

"뭘 그렇게 넋을 놓고 봐?"

한석기가 아내의 곁으로 바싹 붙어 앉으며 물었다.

"그냥, 애들이 대견해서요."

"그러게. 비실비실하다고 생각했는데 앓지도 않고…… 선택 받은 애들인지도 몰라."

"그랬으면 좋겠어요."

여자, 정소미가 고개를 끄덕였다.

전쟁 전에는 초등학교 교사로 일했다. 그래서 그런지 시체들 가운데 유독 아이들이 눈에 많이 들어왔다. 많은 아이들이 죽었다. 지금도 무수히 죽어가고 있다. 어른도 살아남기 힘든 시절이니 아이들이 오죽할까! 그 와중에도 튼튼하게 살아 있는 아이들을 볼 때마다 얼마나 대견한지 모른다.

"그런데 서울로 다시 가도 괜찮을까 모르겠어요. 이런 차까지 가지고 가면 도둑들이 가만히 두지 않을 텐데……."

정소미는 그게 걱정이었다.

죽을 뻔했다가 겨우 살아났는데, 서울에서 다시 흩어지게 된다면? 상상하고 싶지도 않았다.

"당신이 잘 몰라서 그러는데, 운전석과 조수석에 있는 사람들 국정원 출신이야. 또 한 사람은 혁명군 지휘관이었고. 아무런 대책도 없이 서울로 갈 사람들이 아니야. 그러니까 너무 걱정하지 마."

"그래도…… 흡혈귀들은 초인들이라면서요? 경비대도 그것 때문에 해체됐다고 하지 않았어요?"

"이건 그냥 소문인데…… 당신도 들어 본 적이 있을걸? 가브리엘과 모세."

"그건 그냥 소문이잖아요."

"그렇게 따지면 흡혈귀도 소문이라고."

"훗! 그럼 우리는 소문에 목숨을 걸고 있는 사람들이겠네요?"

정소미가 다소 허탈하게 웃어 보였다.

다시금 느끼지만 확실한 건 없는 세상이다. 사람들은 소문에 쓸려 이리저리 움직인다. 그리고 운 좋게 살거나, 덧없이 죽는다.

"괜찮을 거야."

한석기가 아내의 어깨를 감싸 안았다.

솔직히 자신도 불안하기는 마찬가지였지만 지금은 그렇게 위로하는 수밖에 없었다.

*　　　*　　　*

서울에 들어서자 트럭이 잠시 멈췄다.

곧이어 적재함을 가리고 있던 천막이 들춰지는가 싶더니 최명석의 머리가 불쑥 나타났다.

"하늘아, 너 세계불멸협회 사무실 어디인지 알아?"

"예? 설마 거기에 가려고요? 거기 흡혈귀들 온상이라면서요? 전에 형이 그러지 않았어요?"

"그래, 거기 때려 부수려고 온 거야. 길 알아?"

"에? 거길 왜 가요? 형, 우리 그냥 정착지로 돌아가면 안 돼요? 흡혈귀 하나에게 경비대 2개 소대가 몰살당했다고요. 이 정도 숫자로는 어림도 없어요."

"야, 누가 너보고 싸우래? 우리가 끼어들 싸움이 아니라는 건 나도 잘 알아. 너는 모르겠지만, 우리는 흡혈귀랑 같이 살았던 사람이야."

"진짜요?"

"그래, 길 알면 조수석으로 가서 안내나 해. 알아? 몰라?"

"알긴 알죠. 거시 주변으로 몇 번 순찰도 돌았었어요."

"그럼, 나랑 자리 바꾸자. 조수석으로 가봐."

말과 함께 최명석이 적재함으로 기어 올라왔다.

박하늘은 얼떨결에 등을 떠밀려 밖으로 내몰렸다.

"아, 그냥 가면 좋겠는데…… 진짜 이러면 안 되는데……."

궁시렁거리면서도 박하늘은 어쩔 수 없이 내렸다. 아무리 '이건 아닌데' 라고 생각해도 자신에게는 선택권이 없었다.

박하늘이 조수석에 올라타자 트럭은 다시 출발했다.

최명석은 불안한 눈으로 바라보는 사람들에게 웃으며 말했다.

"걱정하지 마세요. 우리는 여기서 내리지도 않을 겁니다. 그냥 이 안에만 있으면 돼요."

조민우가 조심스럽게 물었다.

"그런데, 이 트럭을 노리는 사람들이 꽤 될 겁니다. 흡혈귀도 그렇지만, 당장 도둑들도 손가락 빨고 구경만 하고 있지는 않을 텐데…… 괜찮겠습니까?"

최명석이 조민우에게 미소를 지어 보였다.

나이는 조민우가 많았지만 친하지 않은 관계로 존대를 하는 사이였다.

"아직 실감나지 않으시겠지만, 지금은 지구상에서 이 트럭이 가장 안전합니다. 그냥 정착지에 갈 때까지 푹 쉬신다고 생각하세요. 여기 음식들도 좀 드시면서."

최명석은 복숭아 주스가 들어 있는 박스를 앞으로 내밀었다.

어른들은 걱정에 머뭇거렸지만 아이들은 달랐다.

금방 개미 떼가 설탕물에 꼬이는 것처럼 모였다.

최명석은 대용량 주스의 깡통에 구멍을 뚫어, 아이들 손에 들린 플라스틱 봉지를 채워 주었다.

그렇지 않아도 목이 말랐던 아이들은 봉지의 입구를 쪽쪽 빨아대며 즐거워했다. 전쟁이 일어난 뒤로 처음 먹어보는 주스였으니 그럴 만도 하다.

어른들도 하나둘씩 플라스틱 봉지를 들고 다가갔다.

그들도 목이 마르기는 마찬가지였다.

다만 아이들보다 근심이 조금 더 많았을 뿐이다.

* * *

박하늘이 정면에 보이는 반파된 빌딩을 가리켰다.

"저 빌딩을 지나면 거의 다 간 겁니다. 그런데…… 정말 괜찮겠습니까?"

옆자리에 앉은 강유진이 담담하게 답했다.

"차에서 내리지 마세요. 무슨 일이 벌어져도 차 문 밖으로 나오면 안 됩니다."

"정말 도와 드리지 않아도 되겠습니까?"

물론 강유진에 대한 소문은 몇 차례 들었다. 그러나 그것들은 전부 실체가 없는 이야기였다. 그에 비하면 흡혈귀에게 몰살당한 경비대는 자신이 아는 사람들이다.

"네, 절대 차에서 내리지 마세요. 신경이 분산되면 지켜줄 수 없을지도 모릅니다."

"아, 예……."

박하늘은 영혼이 없는 소리로 답했다.

그리고 제발 아무 일도 생기지 않기를 기도했다.

영화에서처럼 흡혈귀들이 모두 관 속에서 취침 중이거나, 바쁜 일로 사무실을 비웠기를 바랐다.

그러나 박하늘의 바람은 이루어지지 않았다.

돌연 허공에서 한 사람이 트럭 앞으로 떨어져 내렸다.

안상혁은 반사적으로 브레이크를 밟았다.

트럭이 멈춰 섰다.

드드드드—

트럭에 장착된 엔진의 공회전 소리가 적막하던 도시를 사정없이 흔들었다.

“형님, 저거 양동원인데요. 어떻게 할까요?”

안상혁이 정면을 응시하며 물었다.

오래전 강유진이 잡았다가 풀어준 흡혈귀가 눈앞에 서 있다.

얼굴을 보니 시비를 걸려고 온 표정이다.

마음 같아서는 트럭으로 밀어 보고 싶다. 물론 상대의 운동능력을 생각하면 소용없는 짓이겠지만, 실실 웃고 있는 얼굴을 보고 있으려니, 속이 뒤집혔다.

“잠시 기다려라. 추우니까 시동 끄지 말고.”

강유진은 마치 삼국지의 관우처럼, 금방 돌아오겠다는 의사 표시를 하고 밖으로 나갔다.

“저 사람…… 아는 사람입니까?”

“아는 건 맞는데, 사람은 아닙니다.”

“헛! 그럼…….”

“흡혈귀죠.”

“정말 흡혈귀입니까? 보통 사람하고 똑같이 생겼네요?”

박하늘은 조금이라도 자세히 보기 위해 눈을 깜빡였다.

운전대를 잡고 있는 안상혁이 워낙 태연하니, 덩달아 마음이 차분해졌다.

강유진은 착잡한 심정으로 양동원을 바라보았다.

전처의 죽음을 생각하면 흡혈귀란 흡혈귀는 모조리 찢어 죽이고 싶지만 양동원은 조금 특이한 경우다.

그래도 죽일까?

강유진이 잠시 망설이고 있을 때다.

양동원이 능글맞은 미소를 지으며 말했다.

"이게 누구셔? 강유진 씨 아니신가? 장갑차 소리에 놀라서 달려와 봤더니, 아는 사람이 타고 있었네? 그냥 계속 떠돌아다니지 여긴 무슨 일로 오신 건가?"

"아직까지 살아 있는 걸 보니 동물원이라도 털었나 보네? 먹고 사는 게 힘들어서 죽여 달라고 하소연 하러 왔냐? 말만 해라. 바로 거둬가 줄 테니까."

순간 양동원의 얼굴이 일그러졌다.

흡혈귀들을 잡아먹고 강해져서 이제는 강유진도 상대할 수 있을 것 같았다.

"너, 실수했어. 전에는 내가 양민이었는데, 이젠 달라. 이 몸이 초특급 울트라 신인류가 되셨거든."

"호랑이 피라도 마셨나 본데, 죽고 싶으면 빨리 말해. 그렇지 않아도 널 그냥 보내고 많이 후회했으니까."

양동원이 기가 막히다는 듯 실소를 흘렸다.

"헐! 아직 사태 파악을 못 하나 본데. 네놈이 나한테 이상한 짓을 해서 난 사람 피를 못 마셔. 그 대신 더 좋은 걸 찾아냈지. 그게 뭔지 알아?"

"춥다. 빨리 얘기해라. 별 얘기 없으면 난 돌아간다."

"이런 씨발! 잘 들어! 이제 난 흡혈귀를 잡아먹는다. 알아? 어제 드디어 진혈을 하나 잡아먹었어! 그 말은 네놈보다 내가 더 강하다는 뜻이지."

"……."

강유진은 황당하다는 표정이다.

사람의 피를 먹지 못하게 만들었더니, 흡혈귀의 피를 먹었단다. 그렇다면 흡혈귀는 사람이 아니었다는 소리다. 마신의 저주 속에 종이 완전히 다르게 변화된 모양이다.

'그래서 그들도 인간을 먹이로 취급했나…….'

더더욱 결심이 굳어진다.

"사람을 건드리지 못한다니 다행이군. 그 말이 너를 살렸다. 가라."

강유진의 차가운 말에 양동원은 발끈했다.

"저 개새끼가 아직도 지가 갑(甲)인 줄 아네? 너랑 나랑은 어제 이후로 자리가 바뀌었어. 알아? 내가 갑이고 너는 을(乙)이야. 죽이고 살리는 걸 결정하는 건 네가 아니라 나라고! 이 새끼야!"

팟.

양동원의 몸이 그 자리에서 사라졌다.

그리고 유령처럼 강유진의 앞에 양동원의 몸이 나타났다.

거의 공간 이동에 가까운 속도다.

양동원이 회심의 미소를 지으며 강유진에게 막 주먹을 날리려는 순간이다.

철썩.

기다렸다는 듯 강유진이 손바닥을 휘둘렀다.

뺨을 맞은 양동원의 몸이 튕겨나듯 뒤로 날아갔다.

"크윽!"

거의 십여 미터나 날아간 뒤에야 양동원은 멈춰 설 수 있었다.

"뭐, 뭐야? 씨발!"

양동원은 지금의 현실이 믿어지지 않았다.

쇠망치로 맞은 듯 골이 띵하다.

따뜻한 물이 입술에 느껴진다.

무심코 손등으로 닦고 보니 선홍색의 피가 흥건했다.

진혈의 축복을 받은 신인류도 자신의 공간 이동에 무너졌는데, 이건 무슨 경우란 말인가?

온몸에 충만하던 자신감이 아침 안개처럼 흩어져 갔다.

"내, 내가 보였나…… 요?"

"파리가 빨라 봤자 파리지. 내 앞에서 한 번 더 앵앵거리면, 죽는다."

"헉! 불쌍한 사람들을 생각해서…… 저를 죽이면 안 됩니다."

양동원은 재빨리 머리를 조아렸다. 꼬리가 있다면 꼬리까지도 흔들 기세였다.

"가서 열심히 하던 일이나 마저 해라."

"감사합니다!"

양동원이 허리가 직각으로 꺾였다.

마치 조폭이 자기 윗사람에게 하는 듯한 굴종(屈從)의 표시다.

강유진은 혀를 차며 돌아섰다.

양동원은 강유진이 멀어질 때까지 허리를 세우지 않았다.

강유진은 다시 조수석의 문을 열고 들어왔다.

"싱거운 녀석이네요."

안상혁이 아무렇지도 않다는 듯 중얼거렸다.

"사람 대신 이제는 흡혈귀의 피를 먹는다고 하더라. 그래서 그런지 전보다 제법 튼튼해졌다. 맞아 죽으라고 쳤는데 코피만 쏟은 걸 보면."

"허! 그럼 흡혈귀의 천적이 된 셈이네요? 역시 임 박사님의 이야기가 맞았나 봅니다."

안상혁은 임지연이 전에 했던 말을 기억해 냈다.

임지연은 강유진에게 엘의 파편, 혹은 의지가 깃들어 있다고 했다. 그래서 양동원을 살려준 것일지도 모른다고.

"인간에게는 잘 된 일이지."

박하늘은 두 사람의 대화를 묵묵히 듣기만 했다.

사정을 모르니 끼어들 수도 없다.

게다가, 눈에 보이지도 않는 속도로 날아다니는, 흡혈귀를 따귀 한방으로 잠재운 강유진이라는 사람에게 완전히 질려 있었다.

어쩌면 무사히 정착지로 돌아 갈 수 있을지도 모르겠다는 희망의 싹이 텄다.

트럭은 10분쯤 더 달린 뒤에야 세계불멸협회라는 플랜카드가 걸린 건물에 도착했다.

안상혁은 세계불멸협회의 건물 앞에 주차했다.

박하늘이 5층 이상은 날아가 버려서 본래 몇 층짜리 건물이었는지 알 수 없는 건물을 가리켜 보였다.

"저 플랜 카드가 걸린 건물 1층에서 3층까지 놈들이 쓰고 있습니다. 4층과 5층은 부서져서 쓸 만한 공간이 없거든요."

"이런! 정작 흡혈귀는 안 나오고……."

주변을 살피던 안상혁이 "쯧쯧"하고 혀를 찼다.

헐벗고 굶주린 사람들이 사방에서 몰려들었다.

모두가 트럭을 노리는 모양새다.

문명은 곧 배부름과도 연결된다.

사람들의 눈은 묘한 기대와 열망으로 번들거리고 있었다.

박하늘이 그런 사람들을 보며 중얼거렸다.

"저들 중에 태반은 범죄자들입니다."

강남 외곽은 강도, 도둑, 일반인들이 뒤섞여 살고 있다. 그래서 몰려들고 있는 사람들의 얼굴만 봐서는 정체를 알 수가 없다.

사람들이 트럭에 다가갈 때다.

굳게 닫혀 있던 세계불멸협회의 문이 활짝 열렸다.

그러자 이성을 잃고 덤벼 들 것 같던 사람들이 일제히 뒷걸음질 쳤다.

그들 중 대부분은 흡혈귀들의 도시락으로 전락한 뒤인지라 본능적으로 공포의 근원지를 피하고 있었다. 나머지는 분위기에 쓸리거나, 세계불멸협회의 조직력과 능력이 두려워서 몸을 사렸다.

대부분의 사람들에게 세계불멸협회는 이름뿐이던 재건 정부와 달리 생존의 필수품인 불을 공급해 주는 곳이다. 그들은 화력탄과 트럭을 연결지어 생각했다. 당연히 트럭을 세계불멸협회의 것으로 지레짐작하고 주춤주춤 물러난 것이다.

도시락으로 사용되던 대다수의 인간들은 멀찍이 물러나 건물의 잔해 속에 몸을 숨겼다.

요행을 바라고 몰려든 사람들은 그보다는 조금 더 가까운 곳에 자리를 잡았다. 혹시라도 세계불멸협회에서 뭔가를 배급해 준다면 재빨리 달려갈 작정이었다.

클라우드에 의해 세계불멸협회의 서울 지부장으로 위촉된 황철민이 환한 미소를 지으며 소리쳤다.

"세상에! 설상차라니! 어디서 오신 분들이시오?"

황철민의 좌우로 순혈의 축복을 받은 신인류들이 도열하듯 늘어섰다.

움직이는 트럭을 본 게 너무 오래전의 일이라 다들 놀란 얼굴이다.

강유진이 조수석의 문을 열고 트럭 앞으로 걸어 나갔다.

그리고 다짜고짜 물었다.

"너희들이 서울에 있는 흡혈귀들이냐? 설마 이 숫자가 전부는 아니겠지?"

흡혈귀라는 말에 황철민의 안색이 굳었다.

그런 비밀을 이렇게 대중 앞에서 드러낸 것에 대한 충격과 자신들이 흡혈귀임을 알고도 나선 상대에 대한 호기심 때문이다.

"흡혈귀라니…… 감히 신인류를 모함하는 넌 누구냐!"

"나? 여기 서 있는 나는……."

강유진이 말을 멈추고 흡혈귀들을 둘러보았다.

사람을 가축처럼 사육하고, 그 피를 탐하는 무리들이다.

피를 빼앗긴 사람은 다시는 보통의 사람으로 돌아가지 못한다. 불쌍한 그들은 좀비처럼 이성을 잃고 닥치는 대로 먹다가, 종내는 죽는다.

한때는 목숨처럼 사랑했던 전처의 얼굴이 뇌리를 스치고 지나갔다.

목이 잘린 그녀는 시체도 온전히 남기지 못했다.

끓어오르는 분노로 두 주먹에 절로 힘이 들어간다.

"내 이름은 강유진. 너희 중에 내 전처를 죽이고 목을 벤 흡혈귀가 있다고 들었다. 누구냐?"

순간 황철민의 시선이 뒤로 돌아갔다.

뒤쪽에 서 있던 알렉스가 곤혹스러운 표정으로 황철민의 시선을 외면했다.

알렉스는 황철민이 눈치 없이 자신을 보자 등에서 식은땀이 흘러 내렸다.

저 남자의 입에서 강유진이라는 말이 나왔을 때 가슴이 철렁했다.

회장이 1킬로미터 이상 거리를 유지하라던 사람이다.

'젠장! 하필 내가 사무실에 나왔을 때 오다니…….'

무료해서 놀러 나왔다가 재앙을 만난 셈이다.

강유진이 당황한 얼굴의 흑인을 지목하며 다시 물었다.

"너냐?"

깜짝 놀란 알렉스가 어색한 한국어로 황급히 답했다.

"아니. No! 나 아냐. 너의 엑스 와이프는 카스트로가……."

"왜냐? 왜 그렇게 죽였느냐?"

"나 몰라. 유 노(you know), 카스트로가 알아. 그에게……."

"상관없다. 모두 죽을 테니까."

말과 함께 강유진이 두 손을 들어 올렸다.

순간 알렉스는 형언할 수 없는 느낌을 받았다.

그것은 공포와 전율이었다.

진혈의 축복을 받으면 한두 가지 분야의 능력이 특별히 더 발달한다. 자신의 경우 본능적으로 위기를 느낀다. 그것은 마치 동물이 지진을 예측하는 것과도 같다.

알렉스는 상대의 말이 끝나자마자 움직였다.

한순간 옆 건물로 도약한 알렉스는 뒤도 돌아보지 않고 달아났다.

순간 황철민의 얼굴에 경멸의 미소가 떠올랐다.

'쯧! 진혈의 축복까지 받은 사람이 저렇게 겁이 많아서야…….'

다시 정면으로 향하던 황철민이 눈을 부릅떴다.

감당할 수 없는 힘이 자신의 목을 졸라 왔던 것이다.

"크흑!"

콰드드득.

답답한 비명을 끝으로 황철민은 더 이상 움직이지 않았다.

황철민의 좌우에 서 있던 신인류들은 충격으로 잠시 멈칫거렸다.

진혈의 축복을 받은 황철민의 육체는 포크레인보다 강했다. 그런 황철민의 목이 완전히 한 바퀴 돌아가 덜렁거리고 있었다.

뭔가 보이지 않는 힘에 붙들려 있었던 듯 꼿꼿이 서 있던 황철민의 몸이 스르륵 무너져 내렸다.

그제야 충격에서 깨어난 신인류들은 사방으로 흩어졌다.

일부는 강유진을 향했고, 일부는 알렉스처럼 달아나려고 했다.

그러나 마음과 달리 몸이 마음대로 움직여 주지 않았다.

황철민의 목을 비틀어 버린 힘이 삼십여 명의 신인류에게 작용하고 있었다.

"끄으으으!"

"뭐, 뭐야!"

"비켜! 비키라고!"

"못 움직여."

몰려 있던 신인류들 사이에서 소란이 일어났다.

강유진의 손짓에 따라 신인류들이 건물 안쪽으로 밀려갔다.

그 와중에 힘의 중심에서 비껴난 십여 명의 신인류가 벼룩처럼 사방으로 튀어 올랐다.

신인류를 건물 안에 밀어 넣은 강유진이 소리쳤다.

"클레베스!"

콰르르륵.

건물 상부에 널려 있던 콘크리트 잔해들이 한데 뭉쳐 거인의 형상으로 변해 갔다.

콰르르르.

거인은 근처에 있던 다른 콘크리트 더미까지 빨이 들여 몸집을 불려갔다.

눈 깜짝 할 사이에 사무실 건물만큼 커져버린 거인의 두 주먹이 건물을 짓이겼다.

쿵. 쿵. 쿵. 쿵.

거인은 사무실 건물이 평지로 변한 뒤에도 주먹질을 멈추지 않았다.

쿠어어어어—

후두두둑.

거인은 귀청이 찢어질 듯한 비명을 내지른 후, 거짓말처럼 돌무

덤으로 변해버렸다.

근처의 건물 더미에 숨어서 지켜보던 신인류들의 얼굴이 하얗게 질려 갔다.

저런 건 아무에게도 듣지 못했다.

최강의 신인류를 개미처럼 뭉개 버리는 인간이라니?

강유진의 학살은 그것으로 멈추지 않았다.

수십 미터밖에 숨어 머리만 내밀고 있는 흡혈귀들에게 손을 뻗었다.

"벤투스! 모트 자인!"

쉬이이익.

짧고 강렬한 바람 소리가 강유진의 앞에서 쉬지 않고 일어났다.

그리고 신인류들이 상상하지도 못한 일들이 벌어졌다.

파파파팟.

바람으로 응축된 죽음의 화살이 사방으로 날아간 것이다.

퍽.

머리가 뚫린 흡혈귀 하나가 지면으로 추락했다.

철썩.

곧이어 높은 곳에서 상체를 기울여 훔쳐보고 있던 흡혈귀들이, 낙엽처럼 떨어져 내렸다.

끝까지 살아 있던 세 명의 신인류는 미련 없이 돌아섰다.

그들은 알렉스가 왜 달아났는지 알 수 있었다.

서울은 신인류들의 무덤이다!

부산에서 올라와 생활하던 박홍식은 쉬지 않고 달렸다.

얼마나 놀랐는지 손이 부들부들 떨렸다.

신인류로 각성한 이후 이렇게 놀라기도 처음이다.

왜 회장이 '서울을 마지막으로 점령하라'고 했는지 이제는 알겠다.

10분이 넘지 않았다.

황철민 지부장과 30여 명의 신인류는 저항도 하지 못했다.

그들 중 대부분은 순혈이었지만, 자신과 같은 진혈도 무려 10명이나 된다.

그러나 모두 죽었다.

멋모르고 건물 안에 남아 있던 신인류도 20여 명이 넘는다.

그들은 건물이 붕괴 될 때 함께 매몰되었다.

50여 명이 순식간에 목숨을 잃은 것이다.

달아난 사람은 고작 셋.

식사를 위해 흩어져 있던 신인류들은 운이 좋았다.

'씨발, 서울에는 다시 안 온다.'

박홍식은 부산으로 돌아가 쥐 죽은 듯이 지낼 작정이었다.

회장이 아니라 칸 락께서 불러도 가지 않을 것이다.

'이참에 그냥 연을 끊어야겠다.'

박홍식은 신인류 네트워크에서 독립해서 살아가기로 마음먹었다.

강유진이라는 초인이 신인류에 대한 원한을 가지고 있는 것 같은데, 계속 신인류의 모임에 나간다는 건 위험천만한 일이 아닌가!

강유진은 평지가 되어 버린 세계불멸협회 사무실 자리에 트럭을 이동시켰다. 외출 중일 수도 있는 다른 흡혈귀들을 기다리기 위함이다. 그는 서울에서 활동 중인 흡혈귀라면 한번쯤 협회의 사무실에 들를 거라고 생각했다.

결과는 그의 예상과 크게 어긋나지 않았다.

식사를 마치고 신인류들이 하나둘씩 돌아왔던 것이다.

지금껏 호사를 누리던 그들은 예외 없이 황철민 지부장의 뒤를 따랐다.

격렬하게 저항했지만 대부분 목이 부러져 죽었다.

그 수가 무려 30여 명.

오후 3시쯤의 흡혈귀를 끝으로 더 이상의 방문자는 없었다.

설원 위에 주차된 트럭과 그 주위에 널 부러져 있는 30여 구의 시체.

스산한 풍경이 아닐 수 없다.

얼마 지나지 않아 어둑어둑해지는가 싶더니 이내 짙은 어둠에 모든 게 묻혔다.

곳곳에서 화력탄에 의한 불이 피어올랐다.

거주지로 흩어져야 하지만 사람들은 삼삼오오 무리를 지어 트럭을 주시했다.

칠흑 같은 어둠은 대부분의 범죄 공모자들에게 용기를 준다.

그러나 예외도 있다.

멀찍이서 반나절 동안 일어난 일을 목격한 인간들은 감히 트럭으로 다가갈 엄두를 내지 못했다.

수십 미터를 뛰어 다니며 1톤이 넘는 콘크리트 조각을 던지는 흡혈귀와 그런 흡혈귀를 개미 떼 밟아 죽이듯 하는 정체 모를 남자에게 공포를 느끼지 않을 사람이 있을까?

기묘한 트럭과 그 트럭에서 내린 무지막지한 인간은 범접치 못할 경외의 대상이었다.

사람들은 어둠 속에서 등대처럼 빛나는 트럭을 살피며 흡혈귀들에 대해 떠들어 댔다.

공공연한 비밀이던 흡혈귀의 정체가 드러났다.

놀랍게도 화력탄을 공급해 주어 존경을 받고 있던 세계불멸협회가 배경이란다.

그들은 영화에서나 보던 능력을 발휘했다.

수십 미터를 뛰어오르고, 1톤이 넘는 무게도 가볍게 집어던졌다. 전광석화(電光石火)처럼 빨라 눈에 잘 보이지도 않았다.

그 정도의 능력이라면 강남의 경비대가 몰살당했다는 것도 이해가 된다.

다 좋다. 흡혈귀라니까 이해 할 수 있다.

그런데 그런 흡혈귀를 아무렇지도 않게 작살낸 남자는 대체 누구란 말인가?

서울 외곽의 사람들로서는 아무리 머리를 굴려도 그가 누구인지 알 수가 없었다.

사람들이 아는 건 '흡혈귀들이 그의 전처를 무참히 죽여서 복수하러 왔다' 는 게 전부였다.

제10화

믿음을 잃어버린 남자들

한 남자가 화력탄을 불더미에 던져 넣으며 중얼거렸다.

"그런데, 세계불멸협회가 개 박살 났으면…… 화력탄은 어떻게 되는 거지?"

"뭐, 어떻게든 되겠지."

다른 남자가 관심 없다는 듯 말을 받았다.

"씨발, 흡혈귀보다 더 무서운 게 추위인데…… 큰일 났네."

남자의 말에 사람들이 동의한다는 듯 고개를 주억거렸다.

어둠 속에서 누군가 말했다.

"누구라도 공장을 돌리지 않겠어? 여러 조직에서 노리는 것 같던데."

사람들의 시선이 모아졌다.

남자, 양동원이 어깨를 으쓱해 보이며 말을 이었다.

"나도 주워들은 이야기라고. 화력탄 공장을 가지면 서울의 지배자가 될 텐데…… 누군가는 나서서 주인 행세를 하겠지. 안 그래?"

그러자 처음에 말을 꺼낸 남자가 퉁명스럽게 말했다.

"이런 젠장, 그걸 누가 모르나? 문제는 그 새끼들이 공짜로 주겠느냐 하는 거지. 조직들이 무슨 사회복지사들도 아니고…… 금이든, 몸이든, 음식이든 갖다 바쳐야 할 것 아냐?"

"부지런히 빈집을 쑤시고 다니다 보면 수가 날 거라고 보는데."

"이봐, 당신 말도 결국 살기가 더 빡빡해졌다는 소리잖아."

"그래서 뭐? 저 트럭이 와서 사는 게 더 힘들어 졌다고? 형씨가 흡혈귀들에게 피를 안 빨려 봐서 그래. 나는 그 시체를 봤다고. 그건 정말…… 좆 같은 일이야. 나는 그렇게 죽는 건 사양할래. 차라리 얼어 죽거나 굶어 죽는 게 낫지. 어휴! 씨발, 상상하기도 싫다."

"저 사람 하나만 알고 둘은 모르네. 흡혈귀가 사람을 싹 다 죽이는 건 아니잖아. 재수 없이 흡혈귀에게 찍힌 사람만 죽는다고. 옛날에도 그 정도는 늘 죽었어. 교통사고 같은 거로 말이야. 그래, 흡혈귀는 교통사고 같은 거야. 하지만 화력탄은 씨발, 진짜 소중

한 거라고."

양동원이 머리를 설레설레 저었다.

"와아! 사육 당하고 싶어 하는 사람은 처음 보네."

"누가 사육이래? 그냥 교통사고 같은 거라니까. 당신 말을 그따위로 밖에 못해? 내가 개야? 돼지야?"

사내가 버럭 화를 냈다.

흡혈귀에게 화력탄을 무상으로 받는 세상에는 찬성하지만, 사육이라는 단어가 마음에 들지 않은 모양이다.

"아니면 말고."

양동원은 시큰둥한 얼굴로 사내를 응시했다.

사내는 양동원이 만만하게 생각되었는지 화를 가라앉히지 않았다.

"아, 나, 씨발, 인간 박종팔이 오늘 좀 조용히 있었더니, 별 씨발스러운 상황이 다 발생하네. 누구 앞에서 주둥이를 함부로 털어?"

말과 함께 박종팔이 자리에서 천천히 일어섰다.

"……."

양동원은 아무런 말도 하지 않았다.

그 대신 콘크리트 더미 사이로 삐져나와 있는 철근으로 손을 뻗었다.

양동원이 철근을 잡고 몇 번 돌리자, 철근은 힘없이 툭 끊어졌다.

양동원은 60센티미터 길이 정도의 철근을 왼쪽 손바닥에 느긋하게 감았다.

…….

모닥불 주변에 모여 시시덕거리던 남자들의 입이 얼어붙었다.

박종팔은 멍한 얼굴로 양동원의 손만 바라보았다.

양동원이 일어나서 박종팔의 앞으로 걸어갔다.

움찔 놀란 박종팔이 뒷걸음질 쳤지만, 이내 양동원의 손에 붙들렸다.

"새끼 귀여운 척하기는."

양동원이 철근을 풀어 박종팔의 목에 감기 시작했다.

철근은 두 바퀴나 돌았다.

양동원이 박종팔의 귓가에 속삭였다.

"너 이런 거 좋아 하잖아. 이러고 살아봐 새끼야."

굳어 있는 박종팔을 뒤로하고 양동원이 어둠 속으로 녹아들었다.

*　　*　　*

박하늘은 석상처럼 뻣뻣하게 굳었다.

옆자리에 앉아 있는 강유진을 의식해서다.

반나절 전만 해도 강유진은 과거 국정원 출신의 다소 신비한 구석이 있는 남자였다. 그러나 지금은 다르다. 조수석에서 바라본 강유진은 인간이 아니었다.

'초인인가.'

물론 철학자 니체가 말했던 식의 초인이 아니다. 오히려 허리우드 영화—그중 에서도 히어로 물— 속에 등장하는 초인이다.

규명하기 어려운 슈퍼 파워를 가진.

문득 안상혁의 말이 떠올랐다.

건물을 짓이긴 뒤에 강유진은 그 잔해를 보며 우두커니 서 있었다.

그런 강유진의 뒷모습을 멍하니 보고 있을 때다.

"강 선생님이 인간이며, 또 인간에 대한 애정이 있다는 사실을 감사해야 할 겁니다. 그게 아니었다면 인간은 사육당하거나 멸종당했을 테니까요."

"……강 선생님은 인간입니까?"

"생물학적으로 강 선생님은 분명히 인간입니다."

"인간이 어떻게 저럴 수 있습니까?"

"이해하기 어려운 부분은 우주의 신비에 해당한다고 생각하면 될 겁니다."

"우주의 신비라고요?"

"그렇습니다."

계속해서 '우주의 신비' 라는 말이 머릿속을 떠돌아 다녔다.

다른 사람들에게는 말해 줘도 믿지 않을 것이다.

생각에 잠겨 있는 박하늘의 귓가로 강유진의 메마른 음성이 들려왔다.

"강남으로 가자."

"예."

더 이상 흡혈귀들이 찾아오지 않으니 더 머무르는 게 의미가 없다고 생각한 것이리라.

그런데 강남에는 왜 가려는 것일까?

안상혁은 강유진의 목적지가 어딘지 알고 있다는 듯 묻지 않았다.

드르르륵—

무한궤도가 돌며 트럭이 전진하기 시작했다.

박하늘은 말없이 정면을 바라보았다.

트럭의 전조등이 만들어 내는 그림자가 좌우로 빠르게 비껴 지나갔다.

트럭은 어느새 강남으로 접어들었다.

재건 정부와 경비대가 사라진 강남은 서울의 다른 곳과 같았다.

트럭은 과거 거주 구역으로 거침없이 질주했다.

반 토막 난 아파트 단지 입구에 이르자 비로소 트럭이 멈춰 섰다.

안상혁도 강유진도 아무런 말을 하지 않았다.

강유진이 차 문을 열고 나가며 말했다.

"상혁이도 내리지 말고 있어라. 아직 흡혈귀가 돌아다닐 수도 있다."

"네."

대답을 듣고서야 강유진은 문을 닫았다.

박하늘은 문이 닫히기 직전 강유진의 무거운 표정을 엿볼 수 있었다.

흡혈귀들을 죽일 때도 저렇게 굳어 있지는 않았다.

"여기가 어딘가요?"

도대체 어디이기에 강유진의 표정이 저렇게 좋지 않을까?

"이혼한 형수님께서 살던 아파트입니다."

"아……."

박하늘의 입에서 나지막한 탄성이 흘러 나왔다.

강유진의 전처가 살해당한 아파트…….

제법 시간이 지났지만 강유진은 돌아오지 않았다.

"절대 차에서 내리지 마십쇼."

"아, 예……."

박하늘이 급히 고개를 끄덕였다.

솔직히 내리라고 해도 내리고 싶지 않았다.

그런데 주의를 준 안상혁이 운전석을 열고 나갔다.

운전석의 문이 닫히자 박하늘은 불안해졌다.

강유진이 없는 지금 흡혈귀가 습격해 오면 어쩌나 하는 생각에서다.

도둑이나 강도쯤은 자신의 힘으로도 퇴치가 가능하다.

그러나 하늘을 훨훨 날아다니던 흡혈귀는 아니다.

자경대 2개 소대도 몰살당했다.

박하늘은 잔뜩 신경을 곤두세우고 외부의 소리에 귀를 기울였다.

적막한 밤이 깊어 갔다.

강유진은 이사할 때를 제외하고 전처가 살고 있는 집을 방문한 적이 없다.

불필요한 오해와 기대를 피하고 싶어서다.

다시 찾은 전처의 집은 처참했다.

버려진 집안은 시체가 발견된 당시의 모습 그대로였다.

강유진의 손바닥 위에 둥둥 떠 있는 불덩어리가 집 안을 환하게 비췄다.

바닥과 벽에 튄 핏자국이 그날의 참상을 말해주는 듯했다.

탁자 위에는 둥그렇게 얼어붙은 핏덩어리가 그대로 남아 있었다.

살해 사건 이후에 자경대는 이 집을 버린 모양이다.

그렇지 않았다면 깨끗하게 치우고 새로운 입주자를 받아들였을 것이다.

강유진은 방도 샅샅이 살폈다.

그리고 상황을 짐작할 수 있었다.

카스트로라는 흡혈귀는 방이 아니라 거실에서 전처를 죽였다.

그런 뒤 거실 탁자에 머리를 놓아두고 떠났다.

단지 그뿐이다.

문정원의 말에 의하면 시체는 깨끗했다고 한다.

연쇄 살인마도 아니고, 변태 성욕자도 아니고, 사체를 먹는 놈도 아니다.

그런데 왜 목을 잘라서 전시했을까?

강유진은 소파 위에 앉아 탁자 위의 핏자국을 응시했다.

"미안하다."

핏자국을 보며 말했다.

시체를 화장해서 뿌렸다고 하니, 지금으로서는 저 핏자국만이 전처의 모든 것이었다.

"소연아, 이곳은 그만 잊어……."

강유진은 '좋은 곳으로 갔겠지' 따위의 무상한 소리는 하지 않았다.

오래전 가족에게 버려지고 탑골에서 지내던 때처럼, 마음이 스산해졌다.

그러고 보면 이 추위와 황량함은 그때와 같았다.

다만 그 자리에 전처가 놓여 있을 뿐이다.

이렇게 자리를 바꾸어 가며 무한히 반복되는 것은 아닐까?

밑도 끝도 없이 그런 생각이 든다.

엘을 만나고 싶었다.

엘을 만나 왜 인간을 만들었는지 묻고 싶었다.

'당신들도 모르는 것의 대답을 왜 당신들의 피조물을 통해 얻으려고 했냐?' 따지고 싶었다.

전처가 미국으로 떠나지 않았다면……

전처가 자신을 버리지 않았다면……

그래서 자신이 탑골에 들어가 살지 않았다면……

그랬다면 이런 일이 일어나지 않을 수도 있었다.

과거에도 그랬듯, 루인족의 지배하에 새로운 역사를 만들어 나가며, 인류는 번성 했을지 모른다.

하지만 자신이 탑골에서 카론의 유산을 얻으면서, 루인족과 인류의 역사는 변했다.

루인족은 멸종됐다.

자신의 손으로 그렇게 만들었다.

인류도 퇴락(頹落)하고 있다.

엘이 원하는 게 정말 인류의 종말이 아니기는 한 건가?

이제는 엘에 대한 확신도 희미해져 간다.

"형님, 그만 일어나시죠."

언제 왔는지 안상혁이 뒤에 서 있었다.

"상혁아……."

"예."

강유진은 안상혁에게 자신의 절망을 털어 놓고 싶었다.

그러나 그건 그가 감당하지 못할 짐이다.

씁쓰름하게 미소 짓던 강유진은 자리에서 일어섰다.

"나는 믿음을 잃어버렸다."

지금은 그 말밖에 해 줄 수 있는 게 없었다.

다행히 안상혁은 더 묻지 않았다.

"저도 그렇습니다."

"그래, 그래서 우리가 마음이 통했나 보다."

강유진은 현관에 서서 작별 인사를 하듯 손을 흔들었다.

순간 거실이 불길에 휩싸였다.

거실에서 시작된 불은 아파트 내부를 완전히 태우고 스르륵 사라졌다.

트럭으로 돌아간 두 사람을 반긴 건 최명석이었다.

혼자 조수석에 남아 있던 박하늘이 불안하다고 최명석을 불러냈다고 한다.

어색하게 웃던 박하늘은 본래의 자리로 돌아갔다.

"형님, 더 들릴 데 없죠? 이젠 가야 할 시간입니다."

최명석의 말에 강유진이 고개를 끄덕였다.

"그래, 돌아가자."

"상혁 형, 가는 길은 내가 운전할 게요. 형은 좀 쉬어요."

그렇지 않아도 피곤했던 안상혁은 미련 없이 열쇠를 건넸다.

"우리 설상차의 성능이 뛰어난 건 사실이지만, 그렇다고 허공을 달릴 수는 없다. 지형지물을 잘 보고 가라."

"당연한 말씀을. 공중을 달리면 비행기죠. 걱정 붙들어 매세요.

바퀴 자국만 따라 갈 생각이니까요."

최명석이 호쾌하게 답하며 운전석에 올라탔다.

곧이어 안상혁과 강유진이 차례로 조수석에 탑승했다.

드르르르르—

요란한 소리를 뿜어내며 트럭이 달려 나갔다.

"야아! 좋다. 적재함에 탔더니 자꾸 멀미가 나려고 하더라고요!"

최명석은 오랜만의 드라이브로 신이 난 얼굴이다.

"달려! 달려!"

드르르르르—

강유진은 차창 밖으로 스쳐 지나가는 풍경 속에서 탑골 가는 길을 떠올렸다.

그러고 보니 그때도 이런 식이었던 것 같다.

차창 밖으로 스쳐 지나가는 검은 그림자.

아침에 올 때와는 또 다른 느낌이다.

문득 루인족과 인간의 문명이 단절됐던 것만은 아닐지도 모른다는 생각이 든다.

탑골의 아래에는 흑탑이 묻혀 있다.

루인족의 흑탑 위에 인간이 탑골이라는 지명을 붙인 것이다.

그건 그저 우연일 뿐일까?

루인족과 인간의 창조자가 엘이라는 것을 생각하면, 어쩌면 필연 인지도 모른다.

루인족들은 자신을 '에르 라크리마'라고 부르며 두려워했다.

에르 라크리마, 즉 엘의 눈물은 종말의 선구자다.

루인족에게는 안된 일이지만 그들의 두려움은 현실이 됐다.

그런데 만약 루인족과 인간이 연속되는 선상에 존재하고 있었다면?

가벼운 두통이 일어났다.

지나친 비약이다.

루인족은 인간을 다른 종으로 치부했다.

그건 마치 흡혈귀와 인간이 외형상 같지만 다른 존재인 것과 같다.

강유진은 눈을 감았다.

그리고 애써 잡념을 떨쳐냈다.

* * *

강유진 일행이 돌아옴으로 정착지에서의 흡혈귀 대비 훈련도 끝났다.

서울에서 흡혈귀들이 벌인 사회사업 이야기를 들은 임지연은 치를 떨었다. 사람들은 뒤늦게 흡혈귀들에게 인간이 어떤 존재인지를 자각했다. 흡혈귀에게 인간은 먹이이자 돌봐야 할 대상이다. 문제는 먹이로 사용되면 반드시 좀비화라는 처참한 종말이 기다리고 있다는 사실이다.

임지연은 라디오 방송을 시작하자고 했다.

지속적으로 흡혈귀의 존재를 알려서, 인간으로 하여금 그들의 마수에서 벗어나려는 노력을 하게 만들어야 한다는 이유에서다.

결국 라디오 방송국이 만들어졌다.

안상혁은 기술부와 아나운서부로 나누어 사람을 모집했지만, 쉽지 않았다.

일단 기술부는 기계를 다루는 사람들 가운데서 차출했다.

그와 반대로 아나운서부는 아직은 초기 단계라 방송 시나리오까지 직접 만들어야 했지만 지원자가 많았다. 그들 대부분 고된 육체 노동에서 벗어나고 싶은 사람들이었다.

결국 안상혁과 최명석이 블라인드 테스트를 통해 남녀 각각 한 사람씩 뽑아야 했다.

방송시간은 오전 9시와 오후 1시, 그리고 오후 5시로 하루에 세 차례나 됐다.

구성 내용은 단출했지만, 한국어와 영어, 중국어, 러시아어까지

자그마치 4개 국어로 제작 됐다.

지구상에 라디오를 들을 수 있는 사람이 몇이나 되는지 알 수 없었지만, 첫 방송을 마치고 사람들은 자축 파티를 열었다.

대부분의 사람들은 자신들이 인류의 문명을 다시 일으키고 있다는 보람과 기쁨으로 충만했다.

그렇다고 모두가 축제 분위기에 빠진 것은 아니다.

문정원을 중심으로 하는 재건 정부 출신의 인사들은 자신들이 불편부당한 대우를 받는다고 생각했다. 그들이 볼 때 자신들과 같은 고급 인력을 집단 노동에 투입하는 것은 크게 잘못된 일이었다. 계속된 집단 노동에 대한 불만은, 문정원의 딸까지 아나운서 지원에서 탈락하자 극에 달했다.

"여러분도 아시다시피, 경비대 출신의 난민들이 정착지에 합류하면서 재건 정부 사람들을 아주 몹쓸 사람 취급하는 분위기입니다."

그건 사실이다. 재건 정부의 인사들이 시민들에게 흡혈귀의 정보를 알리지 않고 자기들만 음식을 챙겨 달아난 것은 이미 모르는 사람이 없을 정도였다.

"나이가 50줄에 있는 우리에게 중노동이라니요? 게다가 우리는 다 석박사들 아닙니까? 인력이 없네 없네 하면서도 우리들은 철저히 배제하고 있어요. 내 딸아이도 성악과 출신인데, 아나운서 시험에서 떨어졌다 이 말입니다. 지금 라디오 방송을 하고 있는 여자가 내 딸아이보다 목소리가 훨씬 좋으냐? 그것도 아니에요. 까놓고 다 고만고만하지 않습니까? 그런데 내 딸아이라서 떨어진 거예요. 우리를 완전히 배제하겠다는 심보입니다."

문정원이 열변을 토하자 삼십여 명의 사람들이 고개를 주억거렸다.

처음에는 11명이었지만 그동안 계속 늘어나 어느새 30여명이 넘어 가고 있었다.

정착지 전체의 인원도 많이 늘어나서 어느새 300여 명이나 됐다.

전체의 1/10에 가까운 숫자니 자연 목소리에 힘이 실렸다.

재건 정부에서 문화부를 담당했던 최춘호가 노한 음성으로 말했다.

"확실히 안상혁 라인은 우리를 배제하려고 애쓰는 게 보입니다. 그렇다면 우리도 굳이 그쪽으로 선을 대려고 애쓸 필요가 없어요. 그보다는 차라리 박세기 라인이 낫습니다. 오히려 박세기 씨가 더 정통성도 있고요. 국정원과 경비 대장을 역임한 사람 아닙니까? 요즘 박세기 라인과 안상혁 라인 간에 보이지 않는 알력이 있다고 들었습니다. 이참에 박세기 씨에게 힘을 실어서 안상혁 라인을 지도부에서 몰아내 봅시다."

"박세기와 안상혁 간에 알력이 있다고요?"

누군가 호기심 어린 얼굴로 물었다.

최춘호는 확실한 정보라는 듯 세차게 고개를 끄덕였다.

"본래 안상혁이 맡고 있는 자리는 박세기 씨가 맡았어야 할 자리랍니다. 정착지의 사람들은 다들 그렇게 생각하고 있는 것 같더군요. 그걸 강유진 씨가 개인적인 친분을 앞세워 안상혁에게 덜컥 내준 겁니다. 그 부작용이 슬슬 나타나고 있는 거겠지요. 지금 박세기 씨를 따르는 사람들이 좀 많습니까? 게다가 겉으로 표현은 못 하지만, 안상혁이라면 속으로 이를 가는 사람도 있습니다. 가족을 혁명군에게 잃은 사람들 심정이 좋을 리가 없지요."

문정원이 화답하듯 끼어들었다.

"그래서 유명한 말도 있지 않습니까? '걸레는 빨아도 걸레다'라고. 모름지기 큰일을 하려면 출신 성분이 좋아야 하는 겁니다."

"그건 그렇습니다. 안상혁은 출신 성분이 나빠요."

"문명을 재건하는 일에 반문명적인 경력을 가진 사람이 나선다는 게 코미디지요."

정착지의 지도자들은 정부를 다시 세운다는 말을 싫어한다. 그러다 보니 재건 정부 출신의 사람들은 슬그머니 문명 재건으로 말을 바꾸었다. 물론 이들이 말하는 문명 속에는 정부 조직도 포함

된다. 그러므로 문명 재건은 정부 재건과도 같은 소리다.

어수선한 가운데 의견이 모아졌다.

일단 박세기를 확실하게 밀어 주자.

그러다 기회가 주어지면 안상혁을 내치자.

땡. 땡. 땡.

멀리서 종소리가 울렸다.

점심 식사 후에 주어졌던 휴식 시간이 끝났다는 알림이다.

사람들은 투덜거리며 하나 둘씩 단체 숙소를 떠났다. 정착지 규칙에 따라 각자 배정받은 일터로 가고 있는 것이다.

* * *

서울에서 뿔뿔이 흩어졌던 클라우드와 생존한 신인류는 한 달쯤 뒤 강북의 폐가에 다시 모였다. 신인류의 초인적인 운동 능력을 생각하면 상당히 늦은 셈이다. 모두가 신인류들이 한자리에 다시 모이기를 꺼려해서 생긴 일이다. 그만큼 강유진 쇼크의 후유증은 컸다.

우여곡절 끝에 다시 모인 신인류들은 연일 앞으로의 일을 논의했다.

토론의 주제는 언제나 그렇듯 서울 지부 재구성과 강유진 일족의 처리 문제다.

서울 지부의 재구성은 적당한 날을 잡아 그렇게 하기로 결론이 난 지 오래다.

좀처럼 의견이 모아지지 않은 건 강유진 일족의 도살이다.

한국에 진출했던 신인류가 괴멸에 가까운 타격을 입었음에도 회장은 그 명령을 철회하지 않았다.

오히려 더 거세게 압박을 가했다.

강유진을 경험한 신인류들에게 그 소리는 '빨리 가서 죽으라'는 것과 같았다.

결국 신인류들은 '생존을 위해 회장과 결별하느냐? 회장의 명령에 따르다가 산화하느냐?'의 갈림길에서 고민해야 했다.

"나는 그날 강유진을 직접 만났습니다. 그날 내가 살아남은 것은 전적으로 위기 감지 능력 덕분입니다. 그게 아니었으면 나는 오늘 이 자리에 서 있지도 못했어요. 강유진과 회장 중에 하나를 피해야 한다면, 나는 지체 없이 강유진을 택할 겁니다."

알렉스의 말에 관리자들의 입에서 한숨이 흘러 나왔다.

오늘도 같은 소리다.

클라우드가 답답하다는 표정으로 말했다.

"다른 의견도 좀 들어 봅시다. 매일 같은 얘기만 들으니까…… 세뇌가 될 정도네. 알렉스, 강유진이 대단한 건 사실이지만, 너무 그를 절대적인 존재로 치켜세우지는 맙시다. 그자가 우리 신인류의 원수라는 사실을 한시도 잊어서는 안 됩니다. 그런 의미에서 회장님의 명령은 지극히 합리적인 판단입니다."

"……."

그러나 아무도 다른 의견을 내지 못했다.

그들 대부분은 세계불멸협회 사무실이 있던 자리를 눈으로 확인하고 왔다. 직경 3미터짜리 해머 자국이 선명한 평지 앞에서 기겁하지 않을 사람은 없었다.

누가 봐도 빌딩은 무너지지 않았다. 그저 누군가 땅속에 때려박았다.

그걸 어떻게 아느냐고?

생존한 목격자들의 증언도 있지만, 무엇보다 현장이 너무 깨끗했다.

한쪽에 곱게 쌓여 있는 콘크리트 무덤을 빼면, 건물의 잔해라고 할 만한 것이 없었다.

모두 깨끗하게 땅에 처박힌 것이다.

누가 그랬느냐는 부분에서 생존자들의 의견이 조금씩 달랐다.

어떤 이는 거대 로봇이 그랬다고도 하고, 또 다른 이는 콘크리트 더미가 일어나 망치질을 했다고도 했다.

공통적인 거라면 그 모두가 인위적인 현상이라는 점이다.

덜커덩.

누군가 거칠게 사무실 문을 열어 젖혔다.

들어온 사람은 뜻밖에도 회장이었다.

회의석상에 좀처럼 모습을 드러내지 않던 회장의 출현에 관리자들은 긴장했다.

"또 회의냐? 지겹지도 않냐?"

회장이 가까이에 있는 자리에 털썩 주저앉았다.

관리자들이 눈치를 살피자 회장이 손을 까닥이며 말했다.

"나 신경 쓰지 말고 계속 해. 뭐라고 하지 않을 테니까. 어차피 한국 지부는 다 망했는데, 더 이상 내 눈치 볼 것도 없잖아? 오늘은 나도 니들이 하자는 대로 해줄 생각으로 온 거야. 근성이 없는 놈들은 죽었다가 깨어나도 할 수 없는 일이라는 걸 알았거든."

"……."

관리자들은 회장이 한 말의 진위를 파악하기 위해 머리를 굴렸다.

회장이 답답하다는 듯 재촉했다.

"뭐해? 계속 하라니까."

"아, 예."

클라우드는 다시 관리자들을 향해 고개를 돌렸다.

"카스트로가 강유진의 전처인 김소연을 참수했습니다. 남은 것은 강유진의 딸인데…… 정착지를 찾는 것도 힘들고, 강유진에게 접근하는 것도 매우 위험한 일이라는 것을 알았습니다. 여러분의 의견을 듣고……."

이 부분에서 클라우드는 저도 모르게 회장의 눈치를 슬쩍 살폈다.

그러나 회장은 계속하라는 듯 고개를 끄덕일 뿐이었다.

용기를 얻은 클라우드가 말을 이어 나갔다.

"오늘은 계속해서 그 일을 추진할지, 이제 그만 접을지를 결정하도록 하겠습니다. 자유롭게 소신 발언해 주기 바랍니다."

재미 교포인 제이슨 리가 조심스럽게 손을 들었다.

"제이슨입니다. 내용은 다들 알 테니 간단히 말하겠습니다. 접읍시다."

클라우드가 회장을 힐끔 쳐다보았다.

회장은 그럴 줄 알았다는 듯 시큰둥한 표정이다.

사실 지금 회장의 관심은 회의보다 작은 라디오에 쏠려 있었다.

손에 들고 있던 작은 트렌지스터 라디오를 만지작거리던 회장이 파워 스위치를 건드렸다.

치지지지—

그 소리가 귀에 거슬린다는 듯 회장이 신경질적으로 주파수 채널을 돌려 댔다.

삐이이이—

우우우웅—

삐우삐우삐우—

정체불명의 기계음이 회의실에 가득 찼다.

클라우드는 예기치 못한 회장의 행동에 놀라 입을 다물었다.

치치치치—

몇몇 관리자가 짜증어린 눈으로 라디오를 쏘아 보고 있을 때다.

잡음만 쏟아내던 라디오에서 낭랑한 사람의 음성이 흘러 나왔다.

"안녕하십니까? 1시의 희망 방송 김세연의 사람이 아름답다 시간이 돌아왔습니다. 오늘 한반도의 날씨는 영하 37도. 일출 시간은 아침 8시 30분. 일몰 시간은 오후 4시 15분입니다. 집 밖으로 외출 하실 때는 옷 단단히 챙겨 입으시고, 해지기 전에 집으로 돌아가는 것 잊지 마세요……."

회의장에 있던 신인류들은 말을 잊고 멍한 얼굴들이다.

회장은 이미 알고 있었다는 듯 태연하게 라디오의 볼륨을 높였다.

"오늘도 흡혈귀들에 관한 소식부터 먼저 전해 드리겠습니다. 세계불멸협회라는 이름으로 위장한 흡혈귀들에 대해 모르는 분들은 없을 겁니다. 어떤 분들은 흡혈귀가 무슨 문제냐고 생각 할 수도 있습니다. 피를 조금 뺏겨도 죽지 않으면 괜찮은 거 아니냐고 말씀 하시는 분도 있습니다. 그러나 그렇지 않습니다. 아시죠? 미국에서 좀비 폭발이 일어났다는 거. 그게 무슨 말이냐? 흡혈귀에게 물리면 일 년 안에 서서히 좀비화가 진행이 된다고 합니다. 좀비가 되면 물어뜯는 본성만 남아 주변의 것들을 마구 씹어 먹는다고 하네요. 사람, 동물 가리지 않고 씹어 먹는다고 하니, 좀비 조심하세요! 아셨죠? 그리고……."

낭랑한 여자의 음성은 계속해서 '미국에서 좀비 폭발이 일어난 직후 흡혈귀들이 도시락법을 만들어 인간을 관리하기 시작했다'는 정보를 알렸다.

그 부분에 이르자 회장이 볼륨을 줄이고 말했다.

"어떤 병신이 아주 친절하게 내부의 비밀을 공개 하셨나 봐. 누군지 알면 내가 오도독 오도독 씹어 먹을 텐데…… 혹시 이중에 있나?"

"……."

십여 명의 신인류들은 회장의 시선을 슬그머니 피했다.

괜히 꼬투리 잡혀 봉변을 당하고 싶지 않아서다.

"우린 망했어. 왜 그런지 알아? 이 빌어먹을 방송은 4개 국어로 하루 3번이나 같은 소리를 지껄여. 며칠 지나면 온 지구에 퍼질 거야. 그러니까 매몰된 서울 지부는 다시 세우지 않아도 돼. 괜히 그랬다가는 강유진의 손에 맞아 죽고 말 거야."

"……."

신인류들은 다소 의기소침한 표정들이다.

지금까지 정체를 숨기기 위해 무진 애를 썼는데, 그런 노력들이 모두 수포로 돌아간 것이다.

"이 방송국을 누가 만든 줄 알아? 모르지? 강유진이야. 그 개새끼가, 우리 밥줄을 끊으려고 발버둥 치고 있는 거라고. 그런데 너희들은 그놈이 무서워서 빌빌 거리고 있지. 괜찮아. 너희들은 근성이 없는 병신들이니까. 너희들 대부분이 찌질하게 살던 놈들이잖아."

"말씀이 조금 심하십니다."

제이슨 리가 매서운 눈으로 회장을 노려보았다.

회장의 힘이 가장 강한 것은 사실이지만, 그렇다고 저런 소리까지 참아주고 싶지는 않았다.

"왜? 기분 나빠? 그래도 사실이잖아."

갑자기 회장이 제이슨 리에게 손을 뻗었다.

"컥!"

거리가 10미터 이상 떨어져 있었지만 제이슨 리는 목이 잡힌 듯 숨을 쉬지 못했다.

지금까지 입도 뻥긋 않던 제니가 중얼거렸다.

"죽어."

회장이 살기등등한 눈빛으로 소리쳤다.

"죽어!"

"끄으으윽!"

제이슨 리의 입에서 답답한 비명이 흘러 나왔다.

…….

잠시 후 제이슨 리의 몸이 축 늘어졌다.

회장이 손목을 비틀자 그의 몸이 한쪽구석으로 날아갔다.

"회의나 계속해봐. 어떻게 하자고?"

하아! 하아!

클라우드의 숨소리가 거칠어졌다.

전혀 예기치 못했던 회장의 행동에 분노한 것이다.

아무리 회장이라고 해도 신인류를 살해해서는 안 된다. 신인류가 신인류를 죽이면 안 된다는 것은 지혜의 전승에도 나와 있다. 지혜의 전승은 구전되는 최상위의 규범으로 당연히 회장의 권위보다 높다. 회장은 지금 신인류의 규칙을 위반했다. 그것도 회의 도중에 관리자들이 보는 앞에서.

"무슨 짓입니까!"

클라우드의 목소리가 높아졌다.

그러나 회장은 아랑곳 하지 않았다.

"방송을 막지 못하면, 너희의 미래도 없어. 세계불멸협회를 더 이상 세상에 드러낼 수 없다는 말이다."

"상관없습니다! 협회의 이름 때문에 우리가 모이는 건 아니었습니다!"

"이대로 계속 되면 인간은 너희를 피해 숨을 거야. 숨바꼭질의 승리자는 숨까지 죽이고 인내하는 자야. 너희에게는 작정하고 숨은 인간을 찾아낼 시간이 부족해. 무슨 말인지 알아?"

그 말에는 클라우드도 반박하지 못했다.

신인류가 인간을 무리 없이 사냥하려면 최적의 상태를 유지하고 있어야 한다. 피를 마시지 못하면 신인류의 신체능력은 크게 저하되고, 종국에는 멈추고 만다. 마치 기름이 떨어진 자동차와 같은 신세가 되고 마는 것이다. 인간이 숨는다는 것은, 기름이 떨어져 가는데, 주유소가 눈에 띄지 않는 것과 같다.

최종 진화 형태라고 하기에는 허점이 많은 몸뚱이가 아닌가!

제니의 입술이 달싹이며 작은 소리가 흘러 나왔다.

"그의 딸을 죽여."

회장이 클라우드와 눈을 맞추며 말했다.

"그의 딸을 죽여. 강유진이 흔들릴 거야. 놈이 복수하겠다고 설치고 다닐 때, 방송에 관계된 시설을 부수고…… 관계자들도 다 죽여. 방송을 꿈도 꾸지 못하게 만들어. 문명의 흔적을 지워. 그게 너희가 살 길이야. 운이 좋으면 강유진의 손길에서 벗어나 영생할 수 있을 거야."

"운이 나쁘면?"

클라우드의 물음에 회장이 짧게 답했다.

"어떻게 되는지 이미 봤잖아."

"하아! 회장, 아니 미스터 장, 솔직히 말해 봐요. 우리가 왜 이 미친 짓을 해야 하는 거죠?"

젊고 이성적이었던 클라우드는 오래전부터 그게 궁금했다.

"복수다."

회장, 장우석이 돌아섰다.

그리고 소피아와 제니가 있는 곳으로 뚜벅뚜벅 걸어갔다.

클라우드는 더 자세히 설명해 주길 바랐지만, 회장이 더 이상 말하지 않을 거라는 걸 알았다.

"복수라……."

물론 그게 가장 강력한 동인(動因)이기는 하다.

이제는 별수 없이 자신도 그의 복수에 뛰어들어야 했다.

카스트로가 강유진의 전처를 살해한 순간부터, 신인류와 강유진은 원수가 되었기 때문이다.

이제는 신인류가 멈춘다고 해서 강유진이 복수를 그만둘 것 같지도 않다.

그렇다면 회장을 도와 그의 복수를 완성하는 편이 낫다.

아니, 그게 유일한 희망이다.

'뭐?'

스스로 떠올린 '희망'이라는 단어에 클라우드는 흠칫 놀랐다.

신인류로 각성한 이후에 단 한 번도 그런 생각—희망을 떠올리는 것—은 해 본적이 없다.

구체적으로 뭔가를 간절히 바란 적이 없는 까닭이다.

도시락을 찾는 일은 희망사항이 되지 못했다.

그 이외에 관심을 가진 게…… 없다.

놀랍게도 호기심과 탐구심 많던 자신은, 초인적인 능력을 가지고 그냥 살았다.

이렇게 단지 살아가는 것을 진화의 끝이라고 할 수 있을까?

회장의 경고대로라면 도시락을 발견하기를 간절히 바라는 날이 올지도 모른다.

그런 것도 희망이라 말할 수 있을까?

불현듯 클라우드의 입에서 장탄식이 흘러 나왔다.

구인류처럼 고작 먹고 사는 문제를 희망사항으로 꼽아야 한다니, 자신이 초라하게 느껴졌다.

장우석이 제니의 머리를 쓰다듬으며 물었다.

"귀여운 아이구나. 제니라고 했지?"

"네."

"어른들에게 너무 심한 장난을 치면 안 된다. 알지?"

"네?"

제니가 무슨 말인지 모르겠다는 듯 눈을 동그랗게 떴다.

"오늘 일은 용서해 주마. 어차피 나도 그럴 생각이었으니까."

"……."

장우석은 움츠리고 있는 제니를 지나쳐, 소피아에게 양손을 활짝 벌렸다.

"오오! 소피아, 지나치게 영리한 애를 키우느라 고생이 많았겠다."

"아니에요. 나도 적적하지 않아서 좋아요."

장우석이 다소곳이 서 있는 소피아를 가볍게 포옹했다.

곧이어 그녀의 뺨에 키스하며 중얼거렸다.

"그래, 그게 너의 바람이라면…… 그런 거겠지."

장우석의 얼굴에 씁쓸한 미소가 언뜻 스쳐 지나갔다.

잠시 후, 제자리로 돌아간 장우석이 라디오를 챙기며 클라우드와 관리자들에게 말했다.

"강유진의 정착지는 경기도에 있다. 설상차로 종종 물품을 수집하러 다닌다고 하니 어렵지 않게 찾을 수 있을 거다. 이번에는 우리가 놈에게 깜짝쇼를 보여 줄 차례다. 아시아 지역의 신인류를 다 끌어 모아 복수전을 치르도록 하자. 반대하는 사람 있나?"

"없습니다!"

알렉스의 목소리가 가장 컸다.

"좋아, 명심해라. 우리의 목적은 놈을 죽이는 게 아니다. 단지 놈에게 절망의 맛을 보여 주면 된다. 알겠나? 그러니까 불가능한 목표라고 미리부터 포기하지 마라!"

"예!"

"알겠습니다!"

'그 정도라면 몸을 피할 여지가 있겠다' 라고 생각한 신인류들의 얼굴이 조금 밝아졌다.

장우석이 그런 신인류들을 무저갱처럼 깊은 눈빛으로 쓸어 보았다.

〈다음 권에 계속〉

신룡의 주인
『더스크 하울러』, 『환수의 주인』의 작가!
태선 판타지 장편소설
알테리온가의 막내아들 샨,
알에서 태어난 특급 용 카이.
평범하지 않은 둘의 좌충우돌 학교생활이 시작된다!
dream books
드림북스

천마본기
『태극신무』, 『무쌍록』, 『절세무혼』
사도연이 선보이는 또 한 편의 거침없는 무협!
마(魔)로서 처음으로 하늘이 된 자.
세인들은 그를 천마(天魔)라 불렀다.
dream
books
드림북스

가우리 신무협 장편소설
대한민국, 강철의 열제 가우리가 돌아왔다!
전쟁터에서 필사적으로 굴러먹던 인간 장무위,
그에게도 마침내 기연이 찾아왔다.
삼류도 되지 못했던 한 남자의
처절한 일대기가 이제 시작된다.
dream books
드림북스